...so ein, zwei neue Leben!

Eine Frau entdeckt sich selbst!

Eine erotische Geschichte

von Eisenherz2015

...so ein, zwei neue Leben!

Eine Frau entdeckt sich selbst!

Eine erotische Geschichte

von Eisenherz2015

Bibliografische Information der Deutschen
Nationalbibliothek.

Die Deutsche Nationalbibliothek verzeichnet diese
Publikation in der Deutschen Nationalbibliografie;
detaillierte bibliografische Daten sind im Internet über
http://dnb.dnb.de abrufbar.

Herstellung und Verlag:

BoD – Books on Demand, Norderstedt

VORWORT

Nachdem ich mein erstes Buch mit Kurzgeschichten über Sarah + Kai geschrieben hatte, überkam mich das Gefühl, ich müsste mal eine zusammenhängende Story schreiben.

Besonders, durch das viele Lob (aber auch die positive Kritik) habe ich mich nun daran gegeben, mein Kopfkino anzuwerfen und mit „Manuela" eine neue Person zu erschaffen, die anders ist als Sarah.

Ich hoffe, liebe Leserinnen und Leser, das euch dieser erotische Roman gefällt, Ihr eurer Fantasie und eurem Kopfkino freien Lauf lassen könnt.

Danke an alle, die mein „Erstlingswerk" so bereitwillig mit vermarktet haben. Besonders meine Freunde vom Team EYEevents und Tanja, die „Revolverheldin", und an alle, die mich immer wieder angespornt haben, noch was zu machen, auch auf die Gefahr hin, das sie es auch lesen müssen. Ein „Danke" geht auch an das Team vom „JOYclub.de", die ich namentlich im Buch als Erotik- und Kontaktforum erwähnen durfte und ohne die ich vermutlich diese Storys nie geschrieben hätte.

Ein ganz besonderer Dank geht wieder an meine Tochter Deborah, die mich immer wieder ermutigt hat mit ihrem „Toll, Papa."

Danke meine Prinzessin!

Für Kritiken, vor allem Positive, in den Buchshops, sage ich jetzt schon mal „Danke".

Alle anderen Namen, Orte und Personen sind frei erfunden. Sollte es zu Ähnlichkeiten kommen, so sind diese reiner Zufall und nicht gewollt.

P.S.: Ich hoffe, das alle Fehler in Rechtschreibung und Satzstellung gefunden wurden. Wenn nicht, dann gehören sie Euch. Ist ja schließlich Euer Buch.

Die Kapitel

KAPITEL 1

Neuanfang

Es war kurz nach 5 Uhr morgens.
Manuela konnte nicht mehr schlafen, weil sie doch
sehr aufgeregt war.

Heute würde sie ihren neuen Job antreten.

Sie war viel zu früh dran. Arbeitsbeginn war erst um 8
Uhr, aber so dachte sie sich, kann sie in Ruhe ihren
Kaffee auf der Terrasse ihrer neuen Wohnung
genießen.

Draußen war es noch angenehm frisch und sie verlor
sich in Gedanken darüber, was ihr in den letzten Mo-
naten so alles passiert war und wie sie hier, in einer
Stadt am Rande des Ruhrgebietes gelandet war.

Sie war nunmehr 41 Jahre alt und eine sehr attraktive
Frau, mit langen dunklen Haaren, einer schlanken,
sportlichen Figur und immer, so fand sie zumindest,
sportlich und modisch gekleidet.

18 Jahre war sie mit Bernd verheiratet gewesen. Ihre
Ehe war Kinderlos geblieben. Warum, wusste sie
nicht. Mit Beiden war rein Körperlich alles OK, hatten
die Ärzte festgestellt. Mit 21, zwei Jahre vor der Hoch-
zeit war sie Schwanger geworden, wollte das Kind
aber nicht und ist auch heute noch davon überzeugt,
das sie deshalb die Fehlgeburt im 4 Monat hatte.

Nie wäre es ihr in den Sinn gekommen, das da irgendwas zwischen die Beiden kommen könnte, bis zu dem Tag, als er ihr sagte, sie müssten mal reden.

Manuela dachte sich nichts weiter dabei. Sicher ging es um den nächsten Urlaub oder irgendeine Party, auf die sie mit müsse.

Abends offenbarte er ihr dann, dass er sich von ihr trennen würde. Er habe sich neu verliebt.

Seine „Neue" war 5 Jahre jünger, auch sehr attraktiv, aber vor allem würde sie ihn mehr „antörnen", was auch immer das bedeuten sollte.

Auf ihre Nachfrage hin, sagte ihr Bernd, dass z.B. der Sex mit ihr völlig lustlos und langweilig sei und das schon seit Jahren. Die Neue sei deutlich aktiver im Bett und wäre Experimentierfreudiger, als sie es je sein würde.

Ja, Bernd konnte schonungslos offen und direkt sein, wenn er es wollte.

Manuela verstand nicht, was er meinte und hakte nach.

„Manu. Du bist eine tolle Frau, aber was Sex angeht, bist du ein Langweiler. Wie oft habe ich gesagt, lass uns mal was anderes ausprobieren, aber es kam nichts von dir nichts, wenn ich dich fragte, auf was du mal Lust hast. Es lief immer alles gleich ab." fuhr Bernd fort.

„Du hast ihn erst kurz geblasen und ich sollte dich dann lecken. Danach 08/15! Du unten, ich oben, wenn es gut lief, durfte ich dich von hinten nehmen. Wenn ich dann z.B. gesagt habe, das du einen geilen Arsch hast und ich ihn gerne mal Ficken würde, hast du sofort geblockt und gesagt „Das ist ein Aus- und kein Eingang." Damit war das Thema auch für dich erledigt, obwohl du es nie ausprobiert hast.
Auch das du dich nur in der Bikinizone rasiert hast, hat mich gestört. Ich habe es mehrmals erwänt, du hast es immer ignoriert – jedes mal.
Das ist auch der Grund, warum ich dich nicht mehr Oral verwöhnen wollte. Haare zwischen den Zähnen sind ein Horror. Auch sonst hatten wir uns, wenn du ehrlich bist, die letzten Jahre nicht mehr viel zu erzählen und zu sagen. Entweder haben wir von unserer Arbeit gesprochen, den Nachbarn oder wohin wir verreisen wollen. Diese Zeiten mit dir waren toll, aber für mich letztendlich zu wenig."

Manuela war nach dem Gespräch wirklich geschockt.

Sie weinte die ganze Nacht und hatte sich am nächsten Tag krank gemeldet.

Sie und Bernd hatten sich darauf verständigt, erst mal zusammen im Haus wohnen zu bleiben, bis ein passendes Haus für ihn und Marion, seine Neue, gefunden war.

Sie könne natürlich im Haus bleiben und würde ihn auch nicht abfinden müssen.
Geld sei ja nicht das Problem.

„Wie großzügig von dem Arschloch", dachte sie sich.

Nein. Geld war wirklich nicht das Problem.
Sie verdiente in ihrem Job als Controllerin in einem Maschinenbau-Unternehmen sehr gut und er stand als Geschäftsführer eines Großhandels für Computer- und Bürobedarf auch finanziell gut da.

„Ok," dachte sich Manuela. „Dann muss ich hier wenigstens nicht raus."

Doch dann kam alles ganz anders.

Nur drei Tage nach dem Gespräch mit Bernd wurde ihr und der Belegschaft mitgeteilt, das die Firma von einem größeren Wettbewerber übernommen worden sei. Alle Werktätigen Beschäftigten würden übernommen, für einige Abteilungen würde das aber bedeuten und dass sie sich was Neues suchen müssten oder gegebenenfalls in Richtung Ruhrgebiet umziehen müssten, was aber auch nicht für alle Kolleginnen und Kollegen in Frage kommen würde.

Selbstverständlich würden alle, die nicht bleiben könnten mit einer großzügigen Abfindung entschädigt.

In diesem Moment hatte Manuela das Gefühl, das in ihr eine Welt zusammen bricht.

Erst die Sache mit Bernd und nun auch noch der Jobverlust oder vielleicht weg aus Bremen, ihrer Heimat. Und das, obwohl sie schon über 20 Jahre im Unternehmen tätig war.

Noch am gleichen Nachmittag wurde sie ins Personalbüro gerufen.

Ihr Personalchef stellte ihr Herrn Schüchtling vor.

Herr Schüchtling begrüßte sie freundlich und bat sie Platz zu nehmen.

„Frau Braun." fing er an. „Wir haben uns mit ihrer Personalakte intensiv befasst. Wir würden sie mit ihrer Routine und ihrem Wissen gerne behalten.
Sie müssten aber bereit sein, aus Bremen weg ins Ruhrgebiet zu ziehen. Selbstverständlich bei gleichen Bezügen wie bisher. Ihnen wird dadurch kein finanzieller Schaden entstehen. Da sie verheiratet sind, sollten sie das mit ihrem Mann klären. Wir haben gute Beziehungen zu einem renommierten Immobilienmakler in unserer Region und sie können dann selbstverständlich hier auch mal für einige Tage freigestellt werden, um sich Objekte zum Kauf oder zur Miete an-

zusehen. Auch für den Umzug stellen wir sie dann für eine Woche frei. Denke sie bitte in aller Ruhe über unser Angebot nach. Wir würden sie nur sehr ungern verlieren. Aber in 14 Tagen möchten wie eine Entscheidung von ihnen."

Manuela sagte Herrn Schüchtling, das das Thema mit ihrem Mann sich seit einigen Tagen erledigt hätte, worauf er sein Bedauern aussprach, sie dadurch aber auch eine neue Chance hätte, ganz von vorne anzufangen. Dem konnte sie nur zustimmen.

Am dem Abend, als Bernd nach Hause kam, sprach sie ihn an, das sie reden müssten.

Sie erzählte vom Verlauf des Tages und von dem Gespräch mit dem neuen Personalchef.

„Willst du es machen, Manu?", fragte Bernd.

„Was soll ich denn sonst machen? Demnächst bin ich ja sowieso alleine und die 2-3 Freunde, die wir haben, sehen wir ohnehin kaum. Dann kann ich auch dort ein neues Leben anfangen, Weg von alle dem hier."

„OK und wann müsstest du dort anfangen?"

„Sobald es möglich ist. Wenn ich zugesagt habe, läuft die Maschinerie an. Die neue Firma sucht Wohnungen für mich raus, die ich mir dann angucken kann. Der Umzug kann dann stattfinden, sobald die Wohnung bezugsfertig ist. Ich denke, das es nicht länger als ein oder zwei Monate dauern wird. Dann kannst du natürlich auch im Haus bleiben. Es wäre aber schön, wenn du mich auszahlen würdest. Eventuell möchte ich mir dann auch ein Haus oder eine Wohnung auf Dauer dort kaufen."

„Das ist kein Problem, Manu. Tut mir Leid für dich, das gerade jetzt alles zusammen kommt. Ich werde das Haus schätzen lassen und dich dann mit der Hälfte des Wertes auszahlen.

Weißt du denn schon, welche Möbel du mitnehmen möchtest?"

„Die Einrichtung kann hier bleiben. Ich werde mich dort komplett neu einrichten. Wenn Neuanfang, dann richtig ohne Altlasten. Ich werde nur meine Sachen mitnehmen und ein paar Stücke, die mir persönlich wichtig sind."

„Gut. So machen wir es dann. Eines solltest du aber noch wissen, Manu. Wenn du mich mal brauchst, egal ob mit Rat oder Tat oder auch mit einer Finanzspritze, dann sag es mir. Mir fällt es nach über 18 Jahren auch nicht leicht, wenn du vielleicht auch das Gefühl hast."

KAPITEL 2

Ein neuer Job

Nun war sie seit einer Woche hier, am Rande des Ruhrpotts. Ihre Wohnung war wirklich toll. Neubau, Erdgeschoss und mit einem kleinen Garten und Blick auf Wald und Fluss. Wirklich Idyllisch und ruhig gelegen. Alle Möbel wurden kurz vor dem Umzug frisch geliefert und ab heute noch ein neuer Job.

Etwas Angst hatte sie schon.

Würde sie dort klar kommen? Würde sie sich mit den neuen Kolleginnen und Kollegen auch so gut verstehen? So wie früher in Bremen?

Manuela versuchte sich selbst zu beruhigen.

Sie sagte sich immer wieder: „Lass es auf dich zukommen."

Sie stand auf und ging ins Bad.

Die heiße Dusche tat gut.
Sie schminkte sich sehr dezent, aber Sexy.

Ihre Haare band sie zum Pferdezopf und zog sich eine Jeans und eine blaue Bluse an.

„OK. So kann ich gehen.", bestätigte sie zu sich selbst.

Sie nahm ihr Handy und ihre Unterlagen, ging zum Auto und fuhr den neuen Weg zur Arbeitsstelle, den sie nun täglich nehmen würde.

„Ja, nun begann das neue Leben.", sagte sie sich.

Sie fuhr auf den Mitarbeiterparkplatz und suchte sich einen freien Stellplatz. Es schien schon recht viel los zu sein, aber vermutlich waren die neuen Kollegen aus der Fertigung auch schon früher angefangen als die „Bürohengste".

An ihrem ersten Wochenende in der neuen Stadt war sie schon mal her gekommen, um den Weg abzufahren und die Dauer der Fahrzeit abzuschätzen.

Kurz vor 8. Sie war pünktlich und ging die Treppe zum Verwaltungsgebäude hoch.

Am Empfang stellte sie sich vor.

„Hallo Frau Braun. Schön das sie da sind. Ich sage Herrn Schüchtling Bescheid. Er wird sie gleich hier abholen. Mein Name ist Marion. Herzlich Willkommen bei uns.", lächelte Marion sie an, bevor sie zum Telefon griff. Marion bat Manuela doch solange in der Sitzecke platz zu nehmen, bis sie abgeholt würde.

Auf dem Tisch in der Sitzecke lagen einige Fachzeitschriften und auch eine monatlich erscheinende Firmenzeitschrift, die sie sich nahm.

Während sie wartete kamen immer wieder Frauen und Männer verschiedener Altersgruppen im Eingangsbereich vorbei, die ein „Guten Morgen" oder einen „Schönen guten Morgen" von sich gaben, was sie dann auch erwiderte.

Schnell merkte Manuela, das es mit dem Lesen jetzt wohl nichts werden würde, bei soviel Austausch der morgendlichen Begrüßungen.

Plötzlich ging die Tür zum Foyer auf und Herr Schüchtling trat mit einem freundlichen Lächeln auf sie zu.

„Guten Morgen Frau Braun.", lächelte er. „Schön, dass sie da sind. Bitte folgen sie mir. Wir klären bei einem Kaffee oder Tee in meinem Büro noch die letzten Einzelheiten. Danach zeige ich ihnen die Firma, damit sie sich etwas zu Recht finden und bringe sie anschließend zu Klaus Keller, ihrem neuen Vorgesetzten."

Manuela bedankte sich für die freundliche Begrüßung und folgte dem Personalchef zum Büro.

Nach einem Kaffee, kurzem Smalltalk und Fragen, wie sich Manuela eingelebt hat usw., wurde ihr die komplette Firma gezeigt.

Zu guter Letzt standen sie vor der Tür zum Controlling, ihrem neuem Arbeitsbereich.

Mit einem freundlichen „Guten Morgen" trat Herr Schüchtling ins Büro. Aus allen Ecken hallte ein ebenso freundliches „Hallo" zurück.

Auch Manuela sagte „Guten Morgen" und schon waren sie auf dem Weg zum Büro des Abteilungsleiters.

„Guten Morgen Klaus.", sagte der Personalchef in Richtung des Mannes hinter dem Schreibtisch.

„Guten Morgen Manfred.", entgegnete der Abteilungsleiter. „Du bringst unsere neue Kollegin mit, nehme ich mal an?"

Freundlich lächelnd streckte ihr Klaus Keller die Hand entgegen.

„Ja, natürlich. Frau Braun, darf ich ihnen Klaus Keller, den Abteilungsleiter Controlling vorstellen. Ihren jetzigen Chef."

„Es freut mich sie kennen zu lernen, Frau Braun. Bislang habe ich nur Gutes von ihnen gehört. Es ist schön, eine so berufserfahren Person im Team zu haben. Ich hoffe, sie fühlen sich bei uns und in unserer Region wohl."

„Danke Herr Keller. Ich habe mich schon etwas eingelebt und fühle mich bislang sehr wohl.", antwortete Manuela lächelnd.

„So, ich lasse euch dann mal alleine.", sagte Manfred Schüchtling, verabschiedete sich von Beiden mit Handschlag und verließ das Büro.

„Bitte, nehmen sie Platz.", sagte Klaus Keller zu Manuela und wies ihr einen Platz am Besprechungstisch zu.

„Zunächst mal: Ich bin Klaus. Wir duzen uns hier alle in der Abteilung. Schließlich sind wir alle Kollegen und möchten Erfolg zusammen haben. Ich hoffe, das ist für sie in Ordnung? Oder war es in Bremen anders?"

„Nein, nein. Das ist völlig OK. Bei uns in Bremen was es genauso. Finde ich auch Persönlich viel angenehmer.", lächelte Manuela Klaus an. „Ich bin also Manuela."

„Sehr schön.", lachte Klaus Keller. „Willkommen in der Firma, Willkommen in meiner Abteilung."

Die Beiden führten noch einen kleinen Smalltalk. Klaus Keller sagte ihr dann, das er eine sehr nette Kollegin hätte, die Manuela in die Abteilung einarbeiten würde.

Damit stand Klaus Keller auf, ging zum Telefon und wählte eine kurze Nummer.

„Steffi. Kommst du dann bitte zu mir ins Büro. Danke."

Nur einen kurzen Moment später ging die Tür auf und eine sehr attraktive Brünette, schlanke Frau mit eng sitzender Jeans und eng anliegender weißer Bluse betrat den Raum. Sie hatte strahlend weiße Zähne wie aus einer Zahnpasta-Werbung. Die schulterlangen Haare trug sie offen und hatte eine Brille mit dunklem Gestell, das ihre schönen braunen Augen betonte.

„Manuela, darf ich dir Steffi vorstellen? Sie wird sich ein bisschen um dich kümmern, bis du hier alleine klar kommst. Sie steht dir bei allen Fragen und Nöten hier zur Verfügung."

„Hallo Manuela.", lächelte Steffi Manuela an. „Schön, das du hier bist. Ich zeige dir dann mal deinen Schreibtisch."

Schon drehte sich Steffi um und ging hinaus. Manuela verabschiedete sich noch kurz von Klaus Keller und lief schnell hinter Steffi her.

Diese blieb in der Mitte des Großraumbüros stehen.

„Hallo, Leute. Darf ich euch Manuela Braun vorstellen? Sie wird ab heute unser Team unterstützen und gehört zu den neuen Kolleginnen und Kollegen, die aus Bremen zum Unternehmen dazu gekommen sind."

Aus allen Ecken kam ein „Hallo" oder „Hallo Manuela".
Manuela sagte auch ein freundliches „Hallo" in den Raum und wand sich Steffi zu, die sie freundlich anlächelte.

„Sag mal Steffi. Sind noch mehr Mitarbeiter aus Bremen hier angefangen? Das hörte sich gerade so an."

„Nee. Sorry Manuela. Ich hatte das allgemein auf die neue Firma, von der du kommst, bezogen. Es wäre sicher schön für dich, wenn du schon mal das ein oder andere Gesicht kennen würdest. Aber mach dir keine Sorgen. Wir sind alle furchtbar Nett und du wirst bestimmt schnell Kontakt finden."

„Das glaube ich dir gerne.", erwiderte Manuela.

„So. Hier ist dein Arbeitsplatz.", sagte Steffi und zog den Bürostuhl ein Stück vor, damit sich Manuela setzen konnte.

„Danke.", lächelte Manuela Steffi an und nahm Platz.

„Ich sitze gleich hier." und setzte sich am Schreibtisch gegenüber hin.

„Oh, schön.", sagte Manuela. „Dann brauche ich ja nicht so weit zu laufen, wenn ich mich mal zu dösig anstelle."

„Null Problemo.", lachte Steffi, die mit ihrem Bürostuhl um die Schreibtische zum Manuela herumfuhr.

Jetzt begann der „Ernst des Lebens" und Steffi zeigte ihr die Computerprogramme, mit denen Manuela es künftig zu tun hatte. Sie machte sich reichlich Notizen, um das erlernte zu behalten. Während Steffi erklärte, legte sie immer mal wieder wie Zufällig eine Hand auf Manuelas Arm oder Bein. Steffi saß sehr Nah und Manuela konnte ihr aufregendes Parfüm riechen. „Ein toller Duft.", dachte Manuela bei sich. Die Berührungen beachtet sie gar nicht weiter.

Die Zeit verging wie im Flug.

„Mittag!", sagte Steffi plötzlich.

„Oh, schon?", meinte Manuela. „Gar nicht gemerkt, wie die Zeit dahin gegangen ist."

„Kommst du mit uns mit in die Kantine? Die hat dir der Schüchtling doch bestimmt auch gezeigt, oder?"

„Ja, aber nur im Vorbeigehen drauf hingewiesen."

In der Kantine herrschte reges Treiben. Alle Kollegen und Kolleginnen der Abteilung griffen sich ein Tablett und stellten sich an.
Auf einer Kreidetafel an der Wand standen die Tagesmenüs und daneben hing ein Zettel mit den Standardsachen und eine Brötchen-Karte.

Steffi stand vor Manuela und nahm Tagesmenü 1, für das sich auch Manuela entschied.

„3 Euro bitte.", sagte die Dame hinter der Kasse.

„Uiii, das ist aber günstig.", sagte Manuela in Richtung Steffi.

„Ja. Da kann man nicht für kochen."

Manuela folgte Steffi zu einem großen Tisch in der Ecke. Hier saßen auch die anderen Kollegen der Abteilung.

Es wurde viel geredet und gelacht, auch über Dinge, die wohl Insiderwitze waren, wie Manuela merkte. Die Kolleginnen und Kollegen waren aber alle sehr nett und „weihten" sie in viele kleine Geheimnisse der Firma ein. Sie fühlte sich sehr wohl.

Nach dem Essen ging es wieder an die Arbeit und schon war der 1. Tag um. Um 17 Uhr verließen alle das Büro und Manuela schloss sich an.

Auf dem Weg nach Hause dachte sie über alles nach und war irgendwie froh, diesen Schritt gemacht zu haben.

Zu Hause angekommen, machte sie sich einen Kaffee, setzte sich auf die Terrasse und legte die Beine hoch.

Später am Abend machte sie sich was zu Essen, schaute etwas Fern und ging nicht zu Spät ins Bett. Sie wollte für den nächsten Tag wieder fit zu sein.

So verging die ganze Woche recht schnell und Manuela kam auch mit ihren Aufgaben sehr gut und schnell zu recht. Ihr fester Bezugspunkt war Steffi, mit der sie sich blendend verstand. Die beiden lachten und flachsten viel miteinander und es kam Manuela fast so vor, als wäre sie schon immer hier gewesen. Auch mit den anderen Kollegen verstand sie sich sehr gut und es war immer wieder mal Zeit für einen kurzen Plausch.

Freitag morgen rief Klaus Keller sie in sein Büro und lobte sie für ihre Arbeit. Sie würde wirklich einen guten Job machen und die Kolleginnen und Kollegen seinen sehr von ihr angetan.

Das ging runter wie Öl und ihre Ängste nach der Trennung und dem Arbeitsplatzverlust in Bremen waren wie weggeblasen.

In der Mittagspause fragte Steffi, was Manuela am Wochenende vorhätte.

„Nichts.", antwortete Manuela. „Ich kenne ja noch niemanden anderen hier außer euch. Vielleicht gehe ich einfach ins Kino oder so was."

„Ich habe auch dieses Wochenende nichts vor.", gab Steffi an. „Was meinst Du dazu, wenn ich am Samstag Abend zu dir komme? Wir kochen was, trinken ein Gläschen Wein und lernen uns noch besser kennen. Ich finde, wir liegen irgendwie auf einer Wellenlänge."

„Ja, gerne.", lächelte Manuela sie an. „Finde ich übrigens aus. Dann kannst du dir ja meine „Luxussuite" mal ansehen.", und zwinkerte ihr dabei zu.

Steffi lachte laut und drückte sie.

„Du hast ein Gästezimmer, sagtest du?", sagte Steffi.
„Ist da auch schon ein Bett drin? Ich meine, wegen
Wein trinken. Autofahren ist dann schlecht. Sonst
nehme ich mir ein Taxi."

„Quatsch.", erwiderte Manuela. „Ich habe zwar noch
kein Bett drin, aber meines ist groß genug. Wenn du
nicht schnarchst werden wir da schon klar kommen."

Beiden lachten und machten 18 Uhr aus. Steffi würde
die Einkäufe mit dem Essen übernehmen, Manuela
die Küche zur Verfügung stellen und den Rotwein
besorgen.

Kapitel 3

Steffi – Die neue Freundin

Den restlichen Freitag Nachmittag und Samstag Vormittag verbrachte Manuela damit, die Wohnung zu säubern und sie weiter zu dekorieren.

Sie hatte doch mehr „Kleinigkeiten" aus Bremen mitgenommen, als sie es gedacht hatte und vieles war noch in den Kartons, die sie im Gästezimmer verstaut hatte.

Gegen 16 Uhr ging sie duschen und zog sich was ordentliches an. Eine Leggins und ein hübsches T-Shirt würden reichen. Es sollte ja auch gemütlich sein. So hatten sie es vereinbart.

Kurz nach 18 Uhr klingelte es an der Tür und Steffi stand mit zwei Einkaufstüten davor.

„Mein Gott.", rief Manuela. „ Wir wollen doch nur für uns kochen oder kommt noch jemand, von dem ich nichts weiß?"

„Nee, aber wir brauchen auch was Süße, was zum knabbern und für morgen etwas zum Frühstück. Ich weiß ja nicht, was dein Kühlschrank so hergibt.", grinste Steffi sie an.

Manuela nahm ihr die Tüten ab und Steffi folgte ihr in die Küche. Nachdem sie sich mit Küsschen rechts und links begrüßt hatten, tranken sie Kaffee und alberten schon wieder etwas herum.

Manuela zeigte Steffi ihre Wohnung und diese gab zu allem einen wohlwollenden Kommentar ab.
„Tolles Bad" oder „Sieht bequem aus, dein Bett.", was Manuela auch etwas mit Stolz erfüllte. Eigentlich war es ihre erste eigene Wohnung.

Seit sie damals zu Hause bei ihren Eltern ausgezogen war, hatte sie immer mit Bernd zusammen gelebt.

„Ja, Bernd. Es geht auch ohne dich"., dachte sie so bei sich.

Steffi ging kurz ins Bad und zog sich auch was Bequemes an. Jogginghose und ebenfalls ein T-Shirt.

Dann gingen beide in die Küche, machten Musik an, kochten, lachten und alberten weiter herum und tranken dabei schon mal ein, zwei Gläser Wein.
Sie tanzten zur Musik und Steffi „tanzte" Manuela neckisch an.

Als das Essen fertig war, deckten sie im Essbereich des Wohnzimmers den Tisch. Sie holten ihre Gläser und das Essen und ließen es sich gut gehen. Dabei redeten sie viel über Manuela´s neuen Wohnort, wo man gut hingehen kann zum essen, shoppen und welche Bars und Clubs gut sind.

Anschließend räumten sie den Tisch ab und räumten die Küche auf. Danach zogen sich auf das neue Sofa zurück.

Ein Bein auf dem Sofa, eines auf dem Boden, saßen sie sich gegenüber und redeten über belangloses Zeug.

Dann kam irgendwann das Thema „Männer" auf den Tisch und somit auch zu Bernd.

„Das hat er gesagt?", fragte Steffi erstaunt nach, nachdem Manuela ihr von dem Gespräch mit Bernd erzählt hatte. „Unglaublich! Hast du denn wirklich nie über deine sexuellen Wünsche mit ihm gesprochen?"

„Nein, warum sollte ich. Ich war doch eigentlich zufrieden, so wie es war."

„Hast du denn keine sexuellen Fantasien oder so gehabt, was du gerne mit Bernd mal ausgelebt hättest."

„Ehrlich gesagt ja, aber ich habe mich nicht getraut. Ich dachte, er lacht mich aus oder verspottet mich."

„Aber, Süße. Er hat dich doch oft darauf angesprochen, hast du gesagt. Das er es mit dir mal Anal machen wollte z.D… Warum bist du nicht auf seine Ideen eingegangen? Wäre doch ein Anfang gewesen!?"

„Weil ich Angst hatte, Steffi. Angst, dass ich mich blöd anstelle, Angst, das was passieren kann. Jaaaa, ich weiß. Total doof von mir, aber ich dachte ja, es sei alles auch für ihn so OK, wie es war. Ich habe mich wohl geirrt."

„Scheint so, Süße. Aber dafür kannst du jetzt dein Leben so gestalten, wie du es willst. Partys, Sex, Drugs, Rock `n´ Roll und Männer soviel du willst.", lachte Steffi.

Manuela lacht mit.
Steffi hatte recht. Jetzt konnte sie so Leben, wie sie es wollte. Sie war nun frei.

„Ja, man muss es auch mal Positiv sehen.", lachte Manuela.

„Genau, Süße, genau.", erwiderte Steffi. „Lebe dein Leben!"

„Mache ich, Steffi. Aber wie war es bei dir? Du bist auch wieder Single. Hast du dich getrennt oder er sich."

„Ich mich von IHR!", zwinkerte Steffi Manuela zu.

Manuela schaute sie erstaunt an.

„Bist du Lesbisch?"

„Nein. Ich bin Bi und ich kann mich sowohl in Männer als auch in Frauen verlieben. Ist das ein Problem für dich?", fragte Steffi mit liebem Augenaufschlag.

„Ääääh… Nee, eigentlich nicht… Denke ich."

„Keine Angst. Ich falle jetzt nicht wie eine Wilde über dich her, Süße, auch wenn du ne echt attraktive Frau bist."

„Es ist nur… Ich kenne mich mit sowas gar nicht aus. Als 17-jährige hatte ich mal ne Freundin, mit der ich mal etwas rum geknutscht habe. Das sind meine Bi-Erfahrungen.", sagte Manuela leise.

„Nur geknutscht?", hakte Steffi nach.

„Naja… Wir haben uns etwas gestreichelt. Überall, aber sonst nix."

„Ist doch egal. Hat es dir gefallen? Hat es dich geil gemacht und erregt?"

„Oh Mann. Das ist sooo lange her!"

„Keine Ausrede jetzt.", lachte Steffi. „Hat es oder nicht? So was vergisst man nicht."

„Ja gut. Hat es."

Manuela guckte peinlich berührt zu Boden.
Steffi legte zwei Finger unter ihr Kinn und hob ihren Kopf.

„Ey… Das muss dir nicht peinlich oder so sein. Du hast damals deine Sexualität entdeckt. Und wenn es dir gefallen hat, kann es doch nicht schlecht gewesen sein, oder?"

„Es ist für mich eben nicht… Wie soll ich sagen… Normal damit umzugehen. Es war nie ein Thema bei uns und jetzt kommst du, die ich erst vor Kurzem kennengelernt habe und die in mir Erinnerungen zurück holt, die ich lange nicht mehr hatte."

„Ist dir das Thema unangenehm?"

„Nicht unangenehm, aber Fremd. Ich sage ja, ich habe noch nicht so viel erlebt, Steffi."

„Genau! NOCH nicht, aber du bist jetzt frei und unabhängig und kannst für dich entscheiden, was dir gut tut und was DU willst."

Die beiden wechselten das Thema und sprachen über Steffis Männergeschichten. Manuela merkte dabei sehr schnell, das Steffi deutlich mehr Erfahrungen hatte als sie und auch dem „Thema Sex" deutlich lockerer gegenüber stand. Und Irgendwie gefiel ihr das. Noch nie hatte sie mit einer Freundin so offen über diese Thema geredet.

„Oha...", sagte Steffi plötzlich. „Ist das schon wirklich ein Uhr? Da haben wir uns aber ganz schön festge-quatscht.", lachte sie.

„Jau. Au Backe... Ich glaube, es wird Zeit für´s Bett."

Steffi nickte und stimmte ihr zu.
Die Beiden räumten den Tisch noch schnell ab und stellten fest, dass sie über den Abend verteilt
3 Flaschen Rotwein geleert hatten. Man merkte es ihrem Gekicher darüber auch an.

Manuela verschwand im Bad und war nach wenigen Minuten fertig und gab Steffi die Klinke quasi in die Hand.

Manuela ging ins Schlafzimmer und legte sich wie immer nur mit einem Slip bekleidet ins Bett ohne weiter darüber nachzudenken. So schlief sie ja immer.

Steffi kam nach wenigen Augenblicken auch und sah die fast nackte Manuela, nur halb zugedeckt, auf dem Bett liegen.

Auch sie zog bis auf ihr Höschen alles aus und legte sich auf die freie Seite des Doppelbettes.

Manuela lag mit geöffneten Augen auf dem Rücken und Steffi drehte sich auf die Seite und beobachtete sie.

„Über was denkst du nach, Süße?", fragte Steffi.

„Woran merkst du, ob eine Frau für dich... Na, ich sag mal als Partnerin in Frage kommt?"

„Meinst du als Lebensgefährtin oder eher als Sexpartnerin?"

„Au ja, das ist ja auch noch ein Unterschied. Sagen wir mal als Sexpartnerin und wie findest du die? Man läuft ja nicht über die Straße und die haben ein Schild um: Ey, ich mag auch Frauen."

„Nein, ganz sicher nicht.", lachte Steffi. „Entweder in passenden Clubs oder in Internetforen. Manchmal passiert das aber auch einfach so, irgendwie..."

Manuela drehte sich zu Steffi um.

„Und wie kommt ihr dann zusammen?"

„Was meinst du?"

„Na ja, wer macht den Anfang? Ich kenne das so, das der Mann die Initiative übernimmt, aber bei Frauen?

Und woher weist du, das sie mehr will als nur Quatschen? Gibt es da Signale?"

„Mmmmh… Gute Frage. Man merkt das halt irgendwie. Genau wie bei einem Mann."

„Und wenn ihr zusammen seid… Woher weist du, ob sie das auch will? Also Sex meine ich?"

„Zusammen im Bett? Wenn man da gelandet ist, dann will sie das doch auch, oder?"

„Du liegst auch neben mir im Bett. Habe ich Signale gesendet?", fragte Manuela lächelnd.

„Hast du?", erwiderte Steffi.

„Ich weiß es nicht. Ich wüsste jetzt nicht, was ich machen müsste. Darum fragte ich auch, wie das abläuft. Eine der Frauen muss doch die Initiative ergreifen, oder nicht?"

„Sicher. Wenn man die andere Frau so toll findet und mit ihr Sex will, muss eine die Initiative ergreifen.", lächelte Steffi Manuela an.

„Und wie, ohne das es Peinlich wird?"

Steffis Hand wanderte über die Bettdecke zu Manuelas knackigem und wohlgeformten Busen und legte ihre Hand streichelnd darauf.

„Durch zärtliche und sanfte Berührungen der tollen Frau neben sich.", sagte Steffi leise.

Manuelas Brustwarzen wurden hart und sie merkte, wie sich ihre Vulva regte. Sie stöhnte leicht, kaum hörbar, auf.

„Meistens küsse ich die Frau neben mir dann.", hauchte Steffi zu Manuela rüber und rutschte etwas an sie heran.

Sanft berührten Steffis Lippen die von Manuela. Dann küsste sie ihre Wangen und dann den Hals, ehe sie sich wieder den Lippen zuwand.

„Dann lasse ich meine Hand über ihren wirklich geilen Körper gleiten, spüre ihre sanfte Haut, riechen ihren erregenden Duft. Wenn sie meine Küsse erwidert, weiß ich, das ich es richtig mache und sie es auch will."

Mit diesen Worten küsste Steffi sie wieder und dieses mal erwiderte Manuela mit einem sanften Kuss auf Steffis Mund.
Steffi rückte noch näher, so das die Brüste der beiden Frauen sich berührten. Steffis küsste Manuela nun intensiver und ihre Zunge drang in Manuelas Mund ein.

Manuela erwiderte diese Zärtlichkeit und fing an, Steffis Rücken zu streicheln, während ihre Zungen sich umspielten.

Steffi befreite sich und Manuela vom Oberbett, so das sie ihren ganzen Körper betrachten konnte. Ihre Lippen tasteten sich sanft und zärtlich hinunter zu Manuelas harten Warzen und küssten und leckten diese. Manuela stöhnte nun hörbar auf und streichelte durch Steffis Haar.

Steffis Hände glitten sanft über Manuelas Bauch, während sie Manuela Innig und Leidenschaftlich küsste.

Die Hände wanderten weiter am Slip vorbei zu Manuelas Oberschenkel und streichelte diesen auf der Innenseite sanft auf und ab.

Manuela streichelte unterdessen den Rücken von Steffi, wobei sie immer leicht unter Steffis Berührungen auf winselte. Dann wanderten ihre Hände runter zum Po und streichelte diesen über Steffi´s Slip.

Langsam wanderten Steffis Finger das Bein aufwärts zu Manuelas Slip. Zärtlich berührte sie ihre Scham. Sie streichelte sie mit kreisenden Bewegungen und Manuela stöhnte etwas lauter auf. Steffi konnte durch den Slip Manuelas Erregung spüren.

Nun fuhr sie am Slip mit ihrer Hand hoch, um dann wieder runter zu fahren, aber dieses Mal unter das Höschen. Sie spürte Manuela Lust. Sie war sehr feucht und voller Geilheit.

„Du bist ja doch rasiert, Süße.", sagte sie zu Manuela.

„Ja, seit gestern, aber das hat mit dir nichts zu tun. Da wusste ich ja noch nicht, was wir hier Verbotenes machen. Ich dachte, ich probiere es mal aus."

„Ey... Wir machen hier gar nichts „Verbotenes". Rede dir das nicht ein. Wir genießen nur unsere Lust und Zärtlichkeit."

Damit küsste sie Manuela wieder Heiß und Innig.

Ihre Finger umkreisen die Klit unter noch heftigerem Stöhnen von Manuela. Langsam fuhr Steffi nun mit einem Finger in die Höhle der Lust ein. Langsam und sanft bewegte sie ihren Finger vor und zurück um dann einen Zweiten mit hineingleiten zu lassen.

Manuela stöhnte noch lauter auf.

Steffi zog ihre Finger heraus und legte sich auf Manuela. Diese spreizte wie im Reflex ihre Beine. Die Beiden leidenschaftlich küssenden Frauen wanden ihre Körper heftig miteinander.

Steffi rutschte nun langsam an Manuela herab, wobei sie ihren Hals, ihre Brüste und Warzen und dann ihren Bauch zärtlich küsste. Als sie das Höschen erreicht hatte, packte sie dieses links und rechts und fing an, er herunter zu ziehen. Manuela hob leicht ihr Becken, um es Steffi leichter zu machen. Diese küsste dabei weiter den Bauch oberhalb der Scham.

Steffi roch schon Manuelas Geilheit und genoss das Stöhnen dieser aufregenden, attraktiven Frau.

„Du hast einen wunderbaren, geilen und erregenden Körper.", sagte Steffi mehr flüsternd.

Dann vergrub sie ihren Kopf zwischen Manuelas weit gespreizten Schenkeln und fing an mit ihrer Zunge die Vulva zu verwöhnen. Manuela stöhnte nun laut auf und ihr Becken hob sich.

Mit den Daumen zog Steffi ganz sanft und vorsichtig Manuelas Schamlippen auseinander und blickte kurz auf diese wunderbare Höhle der Begierde.

Dann fing sie an, mit ihrer Zunge durch die immer feuchter werdende Spalte der Lust zu fahren, was Manuela mit immer lauterem Stöhnen quittierte.

Ihre Zunge spielte heftig an der Klit und zwischen-durch saugte sie mit ihren Lippen daran.
Sie merkte, wie Manuela immer feuchter wurde und immer heftiger stöhnte. Zur Unterstützung schob sie ihr jetzt wieder zwei Finger in die Grotte der Lust und bewegte diese heftig vor und zurück.

Plötzlich fing Manuela heftig an sich aufzubäumen und mehr zu Schreien als zu Stöhnen. Sie lief förmlich aus, ihre Muskeln spannten sich an und ihrer ganzer Körper wurde von Zuckungen durchzogen.

Sie hatte einen Wahnsinns-Orgasmus.

Steffi ließ von ihr ab und bewegte sich wieder nach oben und gab Manuela einen Kuss, die noch immer nach Luft rang.

„Hat es dir gefallen, Süße?", fragte Steffi, obwohl sie wusste, das es so war.

„WOW!!!", meinte Manuela, nachdem sie wieder etwas Luft bekam. „Es war Wunderbar!"

Steffi grinste sie an und streichelte dabei durch Manuelas Haar. Ihre Haut fühlte sich nun schwitzig an, aber sie roch nach Erotik und Geilheit.
Steffi gefiel das sehr und genoss diese Situation.

Nach einigen Minuten des stillen daliegens, sagte Manuela, die ihren Blick zu Steffi gewandt hatte:

„Ich hoffe, ich habe mich nicht Blöd benommen oder war Peinlich!?", was mehr als Feststellung, denn als Frage gemeint war.

„Quatsch!!!", rief Steffi fast. „Es war Wunderschön. Du warst weder Peinlich, noch war irgendwas Blöd. Du hast so reagiert, wie man reagiert, wenn man tollen Sex hat und zum Orgasmus kommt. Alles ist gut. Warum nur machst du dir immer Gedanken, das da was Peinlich sein sollte oder du dich irgendwie Doof anstellst?"

„Ich… Ich weiß nicht… Du hast bestimmt schon viele Frauen so verwöhnt und ich kenne das nicht. Ich dachte, dass ich vielleicht…?", brach Manuela ihren Satz ab.

„Vielleicht was?", hakte Steffi nach.

„Vielleicht… eben anders bin!?"

„Anders bist? Anders als wer?", grinste Steffi sie an. „Du bist eine Frau. Eine Tolle noch dazu. Du kannst nichts Falsch machen, sondern nur so sein, wie du bist. Du eben und das war Klasse und Geil."

Manuela lächelte und küsste Steffi kurz.
Die beiden Frauen lagen nun eng umschlungen da und schauten sich an.

„Ich weiß nicht, was ich jetzt machen muss. Du hast von der ganzen Sache ja bis jetzt noch gar nichts gehabt."

„Süße, du musst gar nichts machen.", lachte Steffi. „Es war für mich ein ganz tolles Erlebnis, das ich nie vergessen werde. Mach dir keinen Kopf über so was. Vielleicht bleibt es ja nicht bei diesem einen Mal und dann kannst du ja gucken, was du dich traust oder eben nicht. Es soll Spaß machen – beiden! Mir hat es Spaß gemacht, auch ohne gekommen zu sein."

„Mein erstes Mal mit einer Frau. Hätte ich nie gedacht.", lächelte Manuela und küsste Steffi auf den Mund.

Dann schliefen sie eng umschlungen ein.

Kapitel 4

Feste Ziele

Steffi wachte von einigen Sonnenstrahlen gepikst auf.

Das Bett neben ihr war leer. Manuela war also schon auf.

Sie stieg aus dem Bett, zog sich ihr T-Shirt an und ging Richtung Küche. Auf der Anrichte stand eine Tasse und in der Kanne der Kaffeemaschine war reichlich von dem gut tuenden Getränk.

Sie goss sich eine Tasse voll ein und ging zum Wohnzimmer. Die Terrassentür stand auf und draußen saß Manuela und schaute Richtung Garten, Wald und Fluss.

„Guten Morgen, Süße.", sagte Steffi.

Manuela blickte auf und erwiderte:

„Guten Morgen. Ich hoffe, du hast gut geschlafen?"

„Wie ein Stein. Und du?"

„Ja, auch ganz gut. Lag wohl an dem vielen Wein."

„Nur am Wein?"

Manuela lächelte verlegen und blickte zu Boden.

„Ist alles Ok?", wollte Steffi wissen.

„Ich glaube schon.", sagte Manuela leise.

„Was ist? Hast du ein schlechtes Gewissen wegen letzter Nacht?"

„Ich weiß es nicht. Ich habe das Gefühl, etwas Verbotenes getan zu haben. Etwas, was nicht Richtig ist. Du wirst jetzt sagen: Quatsch und ich weiß ja, das du recht hast, aber das Gefühl ist da."

„Genau! Quatsch. Du hast es genossen, ich habe es genossen und hoffe, das es nicht bei diesem einen Mal bleibt. Ich will keine Beziehung mit dir oder eine Affäre sein, aber eine gute Freundin plus, sage ich mal. Ich hoffe, du siehst das genauso, wenn du in Ruhe darüber nachdenkst. Manuela, ich kann dir nur sagen: Genieße dein Leben JETZT, habe keine Scheu, probiere alles aus, nimm mit, was du bekommen kannst. Irgendwann ist es vorbei und du hast das Gefühl etwas verpasst zu haben. Ich glaube, es gibt nichts schlimmeres, als ein unerfülltes Leben gelebt zu haben. Für mich war die letzte Nacht mit dir ein Highlight meines Lebens und ich glaube, du wolltest es auch, oder?"

„Ich weiß ja, das du recht hast, mit dem was du sagst. Es ist halt neu für mich. Vielleicht muss ich mich erst daran gewöhnen, vielleicht bin ich auch nicht so locker wie du. Aber ich werde versuchen, mein Leben zu genießen. Ich muss mich vermutlich einfach nur daran gewöhnen, das ich keinem mehr Rechenschaft ablegen muss. Und ja, ich wollte es! Die Erinnerung an das Erlebnis mit 17 hat in mir diese Sehnsucht entfacht. Das war immer eine Sache, die ich gerne machen wollte, aber ich habe mich nie getraut es Bernd gegenüber zu äußern und jetzt habe ich das Gefühl ihn betrogen zu haben. Ja ich weiß, ist quatsch."

„Ganz genau. Quatsch.", lachte Steffi und streichelte Manuelas Wange. „Wenn du am kommenden Wochenende noch nichts vorhast, würde ich dich gerne mit in einen Club nehmen und dich ein paar guten Freunden vorstellen. So bekommst du hier auch etwas mehr Kontakt."

„Was soll ich denn vorhaben? Ich kenne bislang nur dich und ein paar Kollegen aus der Firma.", warf Manuela ein. „Was für ein Club ist das denn?"

„Erzähle ich dir am kommenden Samstag. Ist aber echt super da und fast immer tolles Publikum. Gibt es jetzt Frühstück, Süße? Ich habe Hunger.", lachte Steffi, um weiteren Nachfragen aus dem Weg zu gehen.

„Ja, stimmt. Mein Magen knurrt auch."

Die Beiden verschwanden in der Küche und machten das Frühstück. Nachdem sie gegessen und wieder aufgeräumt hatten, ging Steffi duschen und machte sich für den Tag fertig.

„So, Süße. Ich werde dann mal fahren. Wir sehen uns ja morgen wieder.", zwinkerte Steffi Manuela zu.

„Ja, morgen.", lächelte Manuela zurück.

Steffi nahm Manuela in den Arm und gab ihr einen innigen Zungenkuss, der eine ganze Weile anhielt.

„Das mit letzter Nacht...", sagte Manuela. „Das bleibt aber doch unter uns, oder?"

„Natürlich bleibt das unter uns. In der Firma wird es niemand von mir erfahren."

Manuela lächelte Steffi an und drückte sie noch einmal, bevor sie aus der Wohnung ging.

Manuela schloss die Tür hinter ihr und machte sich einen weiteren Kaffee. Sie setzt sich wieder auf die Terrasse und beschloss, später einen Spaziergang am Fluss entlang zu machen.

Sie ging duschen, machte sich fertig und ging los. Sie wollte den Kopf frei kriegen und dachte über das nach, was sich letzte Nacht in ihrem Schlafzimmer abgespielt hatte und stellte für sich fest: „Ja, es war geil." Steffi war so Zärtlich gewesen und sie, Manuela, hatte immer wieder diese Gefühle verdrängt, die sich in der letzten Nacht gelöst hatten. Steffi hatte völlig recht, wenn sie sagte, das sie das Leben jetzt endlich so genießen soll, wie es sich ergibt. „Nimm mit, was du bekommen kannst!", hatte sie gesagt. Und genau das wollte sie jetzt machen. Samstag würde sie mitgehen, auch wenn sie nicht wusste, wohin „die Reise" gehen würde, aber egal.

Club? Was für ein Club war das wohl, dass Steffi es ihr erst am Wochenende sagen wollte? Und nochmal egal. Was soll mir schon passieren? Es wird bestimmt Lustig. Tanzen und Party machen. Zum ersten Mal ohne Bernd. Mal gucken, wie es wird…

Irgendwie hatte sie den Weg nach Hause gefunden, jedenfalls stand sie wieder vor der Tür. Sie schaute auf die Uhr und stellte zu ihrem erstaunen fest, das sie über 2 Stunden unterwegs gewesen war.

Hätte sie jemand gefragt, wo sie hergegangen war, könnte sie es nicht beantworten, so in war sie ihren Gedanken versunken gewesen.

„Gut, das ich mich nicht verlaufen habe, wo ich mich hier noch gar nicht so richtig auskenne.", sagte sie zu sich selbst und musste lachen.

„Frau Braun, wir starten jetzt mal so richtig durch!",
dachte sie bei sich und freute sich auf die kommende
Woche.

Kapitel 5

Vorfreude

Manuela war früh genug wach, um noch zwei Kaffee zu trinken. Danach hüpfte sie unter die Dusche und hörte dabei Musik aus dem Radio.

Ihre Laune war klasse und sie sang laut unter der Dusche die aktuellen Hits mit. Heute ließ das Haar offen, legte etwas mehr Lippenstift auf, aber nicht so, das so Übertrieben aussah. Jeans und Bluse sollte reichen. Schuhe an und ab die Post.

Im Auto sang sie weiter und fühlte sich frei. Frei und glücklich. Sie war von dem Samstag und der Nacht mit Steffi immer noch hin und weg, wusste aber, das sie sich zurückhalten musste.

Um kurz vor 8 Uhr kam sie ins Büro. Steffi saß schon an ihrem Schreibtisch und vor gerade den Rechner hoch.

„Guten Morgen.", sang Manuela förmlich, als sie ins Büro eintrat.

Aus allen Ecken kam ein „Guten Morgen" zurück. Steffi schaute auf und lächelte Manuela an.

„Guten Morgen. Ein schönes Wochenende gehabt?", grinste Steffi.

„Ja, danke der Nachfrage. Es war himmlisch.", lächelte Manuela zurück.

Steffi stand auf und drückte sie:

„Prima! Dann kann die Woche ja starten."

„Das kann sie durchaus und ich freue mich drauf."

Klaus Keller kam ins Büro.

„Guten Morgen, Ladies.", lächelte er Manuela und Steffi an. „Was habt ihr ja für gute Laune? Am Wochenende den Jackpot geknackt?", grinste er.

Die beiden Damen lachten zurück und Steffi sagte:

„Nein, leider nicht, aber einfach ein schönes Wochenende gehabt. Du hoffentlich auch, Klaus?"

„Ja, sehr schön.", erwiderte er. „Wir waren gestern mit den Kindern im Erlebnisbad und es war Traumhaft.", und streckte den Daumen hoch, während er das sagte.

Manuela war schon so weit, das sie alles anfallenden Arbeiten alleine erledigen konnte. Sie hatte sich wirklich schnell an das neue Betriebssystem gewöhnt und musste nur noch sehr selten Fragen stellen.

Dann war schon wieder Mittagspause.

Sie ging mit den Kolleginnen und Kollegen in die Kantine, aß eines der Menüs, das ihr am meisten zusagte und ging dann mit Steffi noch kurz in den Garten hinter dem Verwaltungsgebäude. Er war nicht sehr groß, bot aber einige sonnige Plätzchen zum ausspannen.

„Du bist echt gut drauf heute.", stellte Steffi draußen auf der Parkbank fest.

„Ja. Ich war gestern Nachmittag noch eine ganze Weile spazieren. Das tat mir gut und ich habe über alles, was du so über „Frei sein" und „Leben leben" gesagt hast, nachgedacht. Du hast ja sooo Recht, Steffi."

Steffi strahlte sie an.

„Super. Das finde ich toll, das du dich so entschieden hast. Ist doch besser, als sich ins Schneckenhaus zurück zu ziehen und der Vergangenheit nachzutrauern und nicht versucht, über seinen Schatten zu springen."

„Stimmt, Steffi. Und jetzt freue ich mich auf Samstag. Gibst du mir einen Tipp, was für ein Club das ist, in den du mich mitnimmst?", fragte Manuela mit liebem Augenaufschlag.

Steffi musste bei diesem Anblick laut auflachen.

„OK. Du kannst tanzen, es gibt tolles Essen und du wirst dort gaaaaanz viele nette und liebe Menschen kennen lernen. Das muss aber reichen, Süße."

„Ist das denn weit weg?"

„Nein, gar nicht. Eine gute halbe Stunde mit dem Auto, wenn es einigermaßen frei ist auf den Straßen. Der Club ist in Recklinghausen."

„Und heißt wie?", hinterfragte Manuela neugierig.

„Süße, dann ist es keine Überraschung mehr.", grinste Steffi.

„Ok, aber was ziehe ich an? Ist es eher was, wo viele jüngere Menschen hingehen oder eher so was in unserem Alter oder Ältere?"

„Ey, du Doofe. Wir sind die Jüngeren. Immer!", lachte Steffi sie an. „Mehr wird nicht verraten. Ich hole dich Samstag ab und dann gucken wir, was dir steht, OK?"

Manuela merkte, das Steffi ihr nicht mehr verraten würde und zwinkerte ihr zustimmend zu.

Dann gingen die Beiden wieder zurück ins Büro.

Die Woche ging sehr schnell um und Steffi, Manuela und die anderen Leute aus dem Büro hatten viel Spaß in der Woche und lachten viel.

Endlich Samstag.

Manuela hatte den Freitag Nachmittag damit verbracht, die Wohnung zu putzen und ihre Wäsche zu machen. Abends hatte sie sich eine Pizza geholt und einen Film im Fernsehen geguckt, wusste aber den Titel schon am nächsten Morgen nicht mehr.

Den Samstag morgen verbrachte sie im Garten und machte die Anlagen fertig, mähte den Rasen und quatschte kurz mit ihren neuen Nachbarn über den Gartenzaun hinweg.

„Nette Leute.", dachte sie bei sich. „Vielleicht sollten wir mal einen Kaffeeklatsch machen!?"

Gegen Mittag war sie fertig. Sie entschloss sich, sich jemanden zu besorgen, der sich um ihre Anlagen und den Rasen kümmerte. Garten was wirklich nicht ihr Ding.

Sie machte sich etwas zu essen, trank noch einen Kaffee hinterher und ging dann duschen.

Um 18 Uhr klingelte Steffi an der Tür und hatte einen Koffer dabei. Sie stellte ihn ab und küsste Manuela sehr leidenschaftlich auf den Mund, was diese sofort erregte. Steffi sah es durch Manuelas Bluse an ihren Brustwarzen, die sich sofort aufstellten.

„Ziehst du hier ein?", lachte Manuela.

„Nein.", lachte Steffi zurück. „Das sind nur ein paar nette Outfits für dich heute Abend."

„Kann ich so nicht gehen, wie ich bin? Ist das für den Club nicht in Ordnung?", wollte Manuela wissen.

„Doch, doch.", musterte Steffi sie. „Zum hinfahren ist das völlig OK."

„Zum hinfahren?"

„Ja. In dem Club brauchst du schon etwas…. Na sagen wir mal… etwas erotischeres."

Ein breites Grinsen zog sich über Steffis Gesicht, als sie das sagte.

„Komm mit ins Schlafzimmer zur Anprobe."

„Gut. Du wirst wissen, was benötigt wird.", sagte Manuela etwas erstaunt.

Die beiden Frauen gingen ins Schlafzimmer, Steffi schmiss den Koffer auf Bett und öffnete ihn. Manuela stand neben ihr und schaute gebannt auf den Inhalt.

„Das ist ja nur erotische Wäsche. Dessous und Corsagen und so was?", rief Manuela erstaunt. „Wo zum Teufel gehen wir hin?"

„Wir gehen ins Viva Palace. Das ist ein Swingerclub, meine Süße, und noch ein ganz Toller dazu."

„Ein Swingerclub? Ein Sex-Club?"

„Süße, das ist ein Unterschied. Klar gibt es da auch Sex, aber alle die da hingehen, sind normale Leute, also so wie du und ich. Keine professionelle Damen oder so was. Du kennst doch den Spruch: Alles kann, nichts muss. Genau so ist das da. Die Gäste wollen einfach einen geilen Abend. Leute treffen, Party machen und wenn es sich ergibt, auch Sex haben. Gucke es dir einfach mal an. Ich bin mir ganz sicher, das es dir gefallen wird und es wird dir dort nichts passieren, was du nicht willst. Zudem passe ich ja auf dich auf."

„Ich bin echt erstaunt, Steffi. Du siehst das so locker, als wenn man schwimmen geht. Ich war noch nie in so einem... Club. Aber: Ich folge dir. Ich habe gesagt, ich will mein Leben leben und das kann ich wohl nur, wenn ich etwas Mut aufbringe und mich Neuem stelle. Wenn es mir nicht gefällt, brauche ich ja nicht wieder dort hinzugehen.", sagte Manuela leicht errötet.

„Schämst du dich etwa? Brauchst du nicht. Jeder, der da ist, hat mal angefangen. Für einige ist es so, als gehen sie in eine Disco, nur das man sich dort vielleicht etwas anders kleidet. Sie gehen tanzen und haben Spaß... und vielleicht ein bisschen mehr."

„Nein, ich schäme mich nicht, aber ich... Ach egal. Sag mir, was du mir empfehlen würdest."

Steffi nahm Manuela in den Arm und drückte sie.

„Ach, meine Kleine. Du bist noch so Ängstlich und Schüchtern. Brauchst du doch gar nicht. Du wirst Spaß haben heute Abend. Auf die ein oder andere Art wirst du Spaß haben, glaube es mir. Komm probiere das mal an.", sagte Steffi.

Sie gab ihr ein Kleid mit Ledermini, an dem ein schwarzes, durchsichtiges Oberteil angenäht war, das in Brusthöhe eine schwarzen, dunklen und schmalen Balken hatte, der die Brustwarzen abdecken sollte.

Manuela musterte das Kleidungsstück, legte es an Seite und zog sich aus. Sie nahm den Ledermini mit der angenähten Bluse und zog es an.

Es passte für Manuela wie Maßgeschneidert.

„Wow. Du siehst toll darin aus.", sagte Steffi.

„Findest du? Es passt auf jeden Fall. Nur der Slip guckt über den Rockansatz raus."

„Den wirst du im Club ja auch nicht anzuziehen. Du gehst du einfach Slipless. Einfach ein Handtuch unterlegen reicht."

„Ohne Slip?", rief Manuela erstaunt.

„Ja klar. Warum nicht. Stört doch nur, wenn man mal mehr will als tanzen.", sagte Steffi und grinste. „Bist du noch nie Slipless gewesen?"

„Nein. Wann auch und wozu auch? Oben ohne, wenn es im Urlaub da erlaubt war, aber ohne Höschen? Noch nie."

„Probiere es mal aus. Es hat so was… Befreiendes.", zwinkerte Steffi Manuela zu.

„Bist du auch ohne? Und die Anderen?", wollte Manuela wissen.

„Nein, nicht alle, aber doch viele. Ich ja. Ich finde es schön. Wenn du dir nicht sicher bist, dann nimm einen schwarzen Slip mit. Du kannst den dann drunter ziehen, wenn du dich unwohl fühlst. Sollte der oben rüber gucken, fällt es nicht so auf. Ist ja eh nicht so hell im Club."

„OK. Das nehme ich. Sitzt gut und ich kann mich bewegen. Und wenn du sagst, das es mir steht…."

„Findest du nicht?"

„Ich komme mir irgendwie Fremd damit vor."

„Nach heute Nacht wirst du es lieben.", grinste Steffi.

Manuela zog das Kleid wieder aus und die anderen Sachen wieder an. Steffi schloss den Koffer und stellte ihn neben sich auf den Boden. Sie erwähnte, das ihre Sachen in ihrer Tasche im Auto sind. Manuela solle am besten auch eine große Tasche für ihre Sachen, wie Kleidung, Schminke usw. mitnehmen.

„Pack alles ein, was du brauchst oder glaubst, zu brauchen.", sagte Steffi.

Manuela holte eine große Handtasche aus dem Schrank, packte das Kleid und ein paar andere Sachen aus ihrer normalen Handtasche ein sowie einen schwarzen Slip zur Sicherheit.
Dann nickte sie Steffi zu.

„Fertig. Ich bin ein nervliches Wrack, aber wir können."

Dabei lachte Manuela.

Steffi musste auch lachen, nahm ihren Koffer, gab Manuela einen Kuss und ging zur Wohnungstür.

Auch Manuela nahm ihre Sachen machte das Licht aus und folgte Steffi zum Auto.

Es konnte losgehen.

Kapitel 6

Viva Palace

Steffi war in Party-Laune, was man daran merkte, das im Auto die aktuellen Charts aus den Lautsprechern kamen und sie dazu auf dem Fahrersitz hin- und herhüpfte.

Manuela schaute sie an und lächelte.

„Sag mal.", fing Manuela die Unterhaltung an. „Muss ich irgendwas beachten, wenn wir in diesem Club sind?"

Steffi drehte das Radio leiser.

„Was hast du gesagt?", fragte sie.

„Ob ich irgendwas beachten oder wissen muss, wenn wir da sind."

„Eigentlich nicht viel.", antwortete Steffi. „Lege beim Sitzen ein Handtuch unter, achte drauf, das der Typ ein Kondom benutzt, falls du Sex hast und wenn du jemanden triffst, den du kennst oder so, dann rede nicht mit Fremden darüber. Ansonsten wirst du es schon merken, was es so für Spielregeln gibt. Ach ja, und ganz wichtig: Ein „Nein" ist auch ein „Nein". Das gilt besonders für aufdringliche Kerle, aber auch für Frauen, was aber er selten der Fall ist."

„Was meinst du mit „Wenn du dort jemanden triffst, den du kennst"? Wen sollte ich dort kennen?"

„Ich meine, wenn du z.B. deinen Arzt oder so da triffst..."

Manuela musste lachen. Sie hatte noch gar keinen „Arzt oder so" in ihrer neuen Heimat. Ihr hätte höchstens die Bäckerei-Verkäuferin oder jemand aus dem Supermarkt über den Weg laufen können oder ein Arbeitskollege. „Könnte das sein?", dachte sie so bei sich, verwarf den Gedanken aber. Zu abwegig erschien ihr die Idee. Obwohl… Sie und Steffi waren ja auch da, also warum also auch nicht jemand den sie kennen würde?

„Wenn ich also von einem Typen angemacht werde und nicht will, kann ich einfach „Nein" sagen und er hört auf? Erwartet er den nicht, das ich auch Sex will, wenn ich in so einen Club gehe?"

„Süße, natürlich denkt er auch, dass du Sex willst, das bedeutet aber nicht zwangsläufig, das du mit jedem Kerl, der dort ist, auch Pimpern musst. Dazu gehören immer noch zwei. Oder manchmal auch drei oder vier oder so. Man muss schon mit dem anderen wollen, klar? Gräbt oder packt dich einer an, den du nicht magst oder nicht willst und „Nein" sagst, dann hat er sich daran zu halten und wenn er es nicht tut, sagst du es mir oder einem meiner Freunde dort oder gehst gleich zu Andi."

„Wer ist Andi?", wollte Manuela wissen.

„Andi ist der Chef dort. Ein echt netter und feiner Kerl. Du lernst ihn gleich am Empfang im Viva kennen."

„Ok. Werde ich mir merken.", entgegnete Manuela. „Und wie bist du überhaupt an diesen Club gekommen?"

„...an die Clubs gekommen", müsste die Frage richtig lauten.", antwortete Steffi. „Ich gehe auch in andere Clubs. Es gibt im Ruhrpott einige und natürlich auch in anderen Ecken in der Nähe.
Ich bin über den JOY in diese Szene gekommen, eine Erotik- und Dating-Plattform im Internet. Dort kann man sich registrieren und sich dann immer wieder mit einem Nicknamen anmelden. Du kannst Dates suchen oder auch Clubs, kannst dich dort über die Veranstaltungen informieren und dort anmelden. Du kannst Nichtzahlendes Basismitglied sein, Plus-Mitglied oder für kleines Geld auch Premium. Als Premium kommst du günstiger auf die Events und hast noch ein paar andere Vorteile.
Mein Nick dort ist übrigens „Lotta1979" und wenn es dir heute Abend gefällt, melden wir dich an und du bekommst auch so´nen tollen Namen.", lachte Steffi.

Manuela grinste und die restliche Fahrt wurde wieder Musik gehört und auf den Sitzen gewippt und mitgesungen.

Nach weiteren 5 Minuten fuhren sie auf einen Parkplatz vor ein riesiges Gebäude. Das Ding sah wirklich wie ein Palast aus, daher passte der Name Viva Palace schon irgendwie. Weiß, mit riesigen Säulen, die von der untersten Treppenstufe bis hoch zum weit ausladenden Balkon ragten und etwas Ähnlichkeit mit den Säulen am Lincoln Memorial in Washington hatten, nur kleiner. Sie wurden von weißen Strahlern beleuchtet und über dem Balkon ragte in großen, weißleuchtenden Lettern „VIVA PALACE". Die riesigen Fenster waren dunkel und es sah aus, als wäre niemand dort. Auf der Treppe standen allerdings einige Leute in einer Schlange und warteten wohl auf Einlass. Es war kurz nach 20 Uhr.
Steffi stellte das Auto ab.

„Wir sind da, Süße.", lächelte sie.

„Nicht zu übersehen.", meinte Manuela kleinlaut.

„Nervös?"

„Ja. Total!"

„Brauchst du nicht, kenne ich aber von meinen ersten Besuchen im Club. Nimm einfach deine Sachen und folge mir. Den Rest mache ich."

Die beiden Frauen nahmen ihre Taschen vom Rücksitz und gingen zum Eingang.

Auf der Treppe angekommen, drehte ein Mann in den Vierzigern zu den beiden um.

„Hi Steffi. Schön das du auch wieder da bist.", sagte er an den anderen Gästen vor Steffi und Manuela vorbei.

„Hallo Thomas.", winkte sie ihm zu. „Zu Hause ist es eben am Schönsten." und lachte dabei.

Die Leute vor ihr grinsten.

„Ja, ist wohl so.", kam es von Thomas zurück.

Die Kolonne bewegte sich weiter Richtung Eingang und Steffi unterhielt sich etwas mit den Leuten vor und hinter sich. Manuela hörte nur zu und schwieg.

Endlich waren sie durch die Tür und gingen auf eine L-Förmige Theke zu, hinter der auf der linken Seite ein gutaussehender Mann mit Glatze stand.
Gerade aus waren Regale mit Handtüchern, hinter denen eine junge Dame stand, die diese an die Gäste verteilte. Steffi war an der Reihe.

„Hallo Andi. Alles klar bei dir.", lächelte sie den Mann hinter der Theke an.

„Steffi!", rief er gespielt verzückt. „Ja sicher. Alles klar. Bei dir auch, hoffe ich doch!?"

„Ja sicher. Ich bin heute mit einer Freundin hier. Sie ist als Extern angemeldet, aber Stefan hat sie als Premium eingetragen. Manuela."

„Also hier haben wir die Lotta und da…. Ja, da haben wir sie. Manuela."

Andi lächelte Manuela an und gab ihr die Hand.

„Herzlich Willkommen im Viva Palace, Manuela. Ich bin Andi und der Chef von diesem verruchten Etablissement.", lachte er. Es freut mich, dich kennen zu lernen."

„Danke. Es freut mich hier zu sein."

„Wenn du was auf dem Herzen hast oder was nicht in Ordnung ist, sag mir bitte Bescheid."

„Mache ich.", lächelte Manuela ihn an.

„Ich übernehme die Finanzen.", sagte Steffi und legte 10,-€ auf die Theke.

„Alles klar, ihr Beiden. Hier eure Spind-Schlüssel. Viel Spaß euch. Stefan wird euch gleich noch begrüßen."

„Wer ist Stefan?", fragte Manuela Steffi leise, als sie zu den Handtüchern gingen.

„Stefan ist der Veranstalter. Er hat die Party heute Abend organisiert. Er tritt hier öfter als Veranstalter in Erscheinung."

„Möchtet ihr schon ein Handtuch oder holt ihr euch später eins?", fragte die junge Dame hinter der Theke.

„Ja bitte.", antwortete Steffi und bekam sogleich zwei Tücher rüber gereicht.

Eines gab sie direkt an Manuela weiter.

Die beiden gingen links an der Theke vorbei und kamen in einen etwas längeren Gang. Sie gingen vorbei an Duschen und WC-Räumen und kamen zu den Umkleiden. Schnell fanden sie ihren jeweiligen Spind und Steffi nahm ihre Sachen aus der Tasche.

„Du musst dich umziehen, Süße.", sagte sie der wie angewurzelt da stehenden Manuela.

„Ach so...", lächelte sie verlegen und begann sich auszuziehen.

Steffi war mit dem Ausziehen schon fertig, als Manuela gerade erst ihr Schuhe aus hatte.

„Du scheinst geübt zu sein.", grinste Manuela sie an.

Steffi lachte und nahm ihr Kleidungsstück hervor, das sie für den Abend eingepackt hatte. Eine schwarze Corsage aus schwarzem Kunstleder, mit Reißverschluss vorne und zum schnüren hinten. Unter der Corsage war ein Röckchen aus Tüll angebracht. Eigentlich war Steffi unten nackt, fand Manuela, aber so sollte es wohl sein, wenn sie Steffi richtig verstanden hatte.

Steffi zwängte sich in das Kleidungsstück, während Manuela gerade mit dem Ausziehen fertig war. Sie nahm das Kleid aus der Tasche und zog es über. Sie ging zum Spiegel um zu schauen, ob es richtig saß.

„Du siehst so geil darin aus.", sagte Steffi.

„Danke, aber deines finde ich auch toll.", merkte Manuela an,

Sie fand es aber sehr Gewöhnungsbedürftig und hätte es wohl selbst nicht angezogen.

„So, auf geht's.", sagte Steffi und nahm Manuela an die Hand.

Sie gingen den Weg zur Theke zurück und bogen vor der Theke nach links ab zu einem Torbogen.

Am Torbogen stand ein junger Mann, etwa Mitte 30, groß, blond und durchtrainiert, der die Gäste vor den beiden Damen begrüßte.

Dann waren Steffi und Manuela an der Reihe.

„Hallo Maus.", sagte er zu Steffi und gab ihr links und rechts einen Kuss auf die Wange.

„Hallo Stefan. Danke noch mal für die Sache mit meiner Freundin.", sagte sie zu ihm.

„Das ist deine Freundin?", fragte er, mehr wissend denn ahnend. „Wow. Was für eine Klasse-Frau."

Er gab Manuela die Hand und küsste sie ebenfalls auf beide Wangen.

„Ich bin Stefan. Ich veranstalte diesen Hokuspokus hier. Wenn du Fragen hast, die Steffi dir nicht beantworten kann, komm zu mir, aber viele werden es wohl nicht sein.", lachte er.

„Danke, mache ich.", lächelte Manuela verlegen. „Und danke für das Kompliment."

„Viel Spaß euch beiden.", grinste Stefan.

Steffi nahm Manuela wieder an die Hand.
Sie gingen durch den Torbogen, in eine für Manuela
neue Welt.

Zur Rechten waren mehrere Sitzecken aus jeweils vier
Kunstledersofas. Jedes war in L-Form und bot immer
vier Leuten Platz. In der Mitte jeweils ein schwarzer
Holztisch. Hinter den Sitzecken war ein Durchgang,
aus dem Musik kam. Es war wohl die Tanzfläche, wie
Manuela vermutete. Zur Linken eine lange Bar, hinter
der zwei Männer und zwei Frauen als Bedienung.
Viele Menschen standen an der Theke und unterhielten sich angeregt miteinander.

Der Gang in der Mitte führte zu einem weiteren Torbogen, vor dem ein dunkler Vorhang hing. Einige Leute gingen hinein, andere kamen heraus.

Steffi zog Manuela nach rechts zu einer Gruppe Leute, die auf einer der Sitzgruppen Platz genommen
hatten.

„Hallo, ihr Lieben.", rief sie.

„Steffi" und „Hallo" kam es zurück.
Einige der Leute standen auf und Steffi ging zu ihnen,

küsste sie rechts und links auf die Wange oder drückte sie einfach nur.

Als sie mit allen fertig war, packte sie Manuela, die in einem Meter Abstand stehen geblieben war, an die Hand und zog sie heran.

„Leute, das ist meine Freundin und Arbeitskollegin Manuela. Sie ist zum ersten Mal überhaupt in einem Club, also seid lieb zu ihr.", stellte Steffi sie vor. „Das ist Thomas, den hast du ja schon auf der Treppe gesehen, dann Katja, Sabine, Daniela, das ist der liebe Marc, Sebo und das ist Sven.", stellte sie Manuela alle mit Namen vor und zeigte mit der Hand auf die jeweilige Person.

Die Herren gaben Manuela jeweils die Hand, die Damen nahmen sie in den Arm und gaben ihr Wangenküsschen zur Begrüßung.

„Kommst du jetzt öfter?", fragte der Mann, der ihr als Sebo vorgestellt wurde, lächelnd.

„Ich weiß nicht.", antwortete Manuela, die ihre Nervosität kaum verbergen konnte.

„Mensch, Sebo, du Honk.", sagte Katja. „Steffi hat doch gerade gesagt, das sie zum ersten Mal im Club ist.", und haute ihm dabei spielerisch mit der Hand auf den Hinterkopf. „Meinst du nicht, sie sollte sich erst mal ein Bild von allem machen, du Pfosten?"

„Bitte, setzt euch doch.", sagte Thomas, wobei er wohl eher Manuela meinte, da Steffi schon Platz genommen hatte.

Manuela setzte sich neben Steffi und Sven, ein langer, schlaksiger Kerl mit dunklen, langen Haaren, die er zu einem Zopf zusammengebunden hatte.

„Woher kommst du?", fragte Katja, die neben Sven saß und dabei an ihm vorbei zu Manuela schaute.

„Ursprünglich aus Bremen. Jetzt bin ich aber vor ein paar Wochen hier her gezogen. Neuer Job und so.", antwortete sie immer noch sichtlich Nervös.

„Und gefällt dir das Ruhrgebiet?", fragte Katja weiter.

„So viel habe ich noch gar nicht gesehen. Ich bin froh, wenn ich den Supermarkt, den Bäcker und meine Firma finde.", lachte Manuela Katja an.

„Verstehe ich.", sagte Katja, ebenfalls lachend. „Ich selbst bin vor 5 Jahren wegen der Liebe hergezogen. Die Liebe ist weg, aber ich bin immer noch da.", grinste sie.

Alle unterhielten sich angeregt und Manuela wurde von allen in die Gespräche mit einbezogen. Sachen oder Personen, die sie nicht kannte wurden ihr erklärt, damit sie „im Thema" war.

Dann ging die eine Hälfte der Gruppe an der Theke vorbei zum Restaurant, die Anderen hielt die Plätze frei und unterhielt sich weiter.

Nach einer halben Stunde kam die erste Gruppe zurück und die Leute, zu der neben Manuela auch Steffi, Katja, Sven und Thomas gehörten, gingen zum Restaurant.

Im Restaurant fiel Manuela auf, das Thomas ein doch sehr attraktiver Mann war. Er trug eine lange schwarze Stoffhose und ein Netz-Shirt, durch das sein gut trainierter Körper deutlich zu erkennen war. Kein Bodybuilder-Typ, aber sportlich. Dazu dunkele Haare, mit grauen Strähnen an de Seite und braune Augen, die vertrauen erweckten dreinschauten. Katja war mit einem Minirock aus Stoff und einem schwarzen BH mit kleinen Perlen bekleidet und trug High Heels.

Die Menge an Essen erstaunte Manuela. Egal ob warme Gerichte oder Finger-Food, ob Pudding oder Kuchen, alles war da und in riesiger Auswahl.

Nachdem sie sich was auf den Teller getan hatte, das ihr zusagte, setzte sie sich an den Tisch zu den Anderen. Die hatten schon mit ihren Platz genommen. Jeder hatte sich sein Getränk von der Bar mitgenommen.

„Wieder total lecker heute.", sagte Katja und erhielt von allen anderen volle Zustimmung.
Auch Manuela musste zugeben, das es wirklich sehr gut schmeckte. Besser sogar als das Essen in der Kantine der Firma und die war schon Klasse.

„Und das ist alles im Preis von 5,-€ enthalten?", fragte Manuela in die Runde.

Sven musste laut auflachen, als er die Frage hörte. Als Dank bekam er von Katja einen Tritt gegen das Schienbein.

„Was ist so komisch daran?", fragte sie erstaunt.

Thomas lächelte sie an.

„Ja, aber die 5,-€ zahlen nur die Frauen. Als einzelner Mann zahlst du heute Abend 50,-€, ebenso als angemeldetes Paar. Premium versteht sich.", sagte er lächelnd.

„Ach so? Frauen zahlen weniger als Männer? Warum?"

„Nun ja.", antwortete Thomas. „Die Betreiber wollen natürlich gerne Frauen hier haben, denn die locken die Männer und die kommen eben nur, wenn die Frauen kommen."

„Aber die Frauen kommen doch auch, weil sie ihren Spaß wollen. Warum zahlen die dann so viel weniger?"

„Weil kaum eine Frau bereit wäre, auch 50,-€ zu bezahlen, aber ich finde deine Einstellung geil.", lachte er. „Es gibt auch Events, Manuela, da zahlen Frauen gar nichts, sondern nur die Herren. Dadurch erscheinen aber deutlich mehr Frauen und die Männer gleichen das wieder aus. Ist eben so und auch verständlich."

Manuela dachte noch einen Moment darüber nach und stimmte sich selbst dann zu, da sie wohl auch nicht für diese Summe einen Club besuchen würde und verstand das Prinzip dahinter.

Als alle fertig waren, gingen sie zurück zu den Anderen.
Wieder unterhielt man sich angeregt und Manuelas anfängliche Nervosität war wie weggeblasen.

Zu gut ist sie in die Gruppe aufgenommen worden.
Alle waren sehr nett zu ihr und halfen ihr, sich wohl zu fühlen.
Regelmäßig ging einer der Herren los und versorgte den Tisch mit frischen Drinks.

Manuela genoss es, sich ein paar Sektchen zu gönnen, da sie ja nicht fahren musste.

Dann standen Katja und Sebo auf und wollten mal eine Runde im Club gucken gehen und eventuell in die Sauna.

„Vielleicht sollte ich dir auch langsam mal den Rest des Clubs zeigen!?", sagte Steffi zu Manuela.

„Ja, gerne. Bislang kenne ich ja nur die Lobby und das Restaurant. Langsam bin ich neugierig mehr zu sehen, nach den tollen Gesprächen hier.", sagte Manuela mittlerweile deutlich selbstbewusster.

Steffi stand auf nahm, Manuela an die Hand und sagte den anderen, sie würde dann jetzt mal eine Clubführung machen.

Die Anderen wünschten viel Spaß und die beiden Damen zogen davon.

Kapitel 7

Erste Erfahrungen

Steffi zeigte Manuela zuerst den Dancefloor, wo der DJ mit aktuellen Hits den Gästen einheizte.

Manuela hatte gar nicht bemerkt, wie viele Leute in den Disco-Bereich gegangen waren. Die Tanzfläche war voll. Auch hatte sie nicht bemerkt, wie viele Leute im Club waren.

„Sind scheinbar mehr Menschen hier, als ich dachte.", sagte sie zu Steffi.

„Ja, fast 300 Anmeldungen für heute Abend.", lachte sie.

„300? Wow."

„Ja, und das nur hier. In ein paar anderen Clubs waren auch heute zwischen 250 und 150 Anmeldungen."

„So viele Swinger gibt es?"

„Ja und irgendwie sind eine große Familie.", lachte Steffi, die das nicht ganz ernst meinte.

Sie zog Manuela weiter durch den Torbogen mit dem Vorhang.

Eine Treppe führte in den Keller.

Steffi zog sie mit in den BDSM-Bereich des Clubs.
BDSM! Manuela hatte früher schon davon gehört,
wusste aber nicht viel darüber und schaute sich alles
gespannt an. Es gab mehrere Räume.
An einigen waren Andreaskreuze an der Wand befes-
tigt, in anderen standen Böcke, Käfige oder Pritschen.
Unter den Decken waren Winden mit Stangen oder
Holzbalken befestigt, aber es war kein Mensch hier.

„Schade.", sagte sie zu Steffi. „Ich hätte mir das jetzt
gerne mal angesehen."

„Stehst du auf SM? Bist du Devot?", fragte Steffi nach.

„Keine Ahnung. Ich kenne es ja nicht. Hätte mich jetzt
nur mal interessiert, was man da so macht."

„Kein Problem. Wir können gerne mal ins „Sodom X"
fahren. Das ist ein reiner BDSM-Club. Sarah und Kai,
Freunde von mir, sind da öfter.", sagte sie lachend.
„Wir könnten jetzt auch da hinten hoch gehen, aber
wir gehen zurück, damit du alles von Anfang an sehen
kannst. Wenn du magst, kannst du ja nachher mal mit
Thomas hier her gehen.", zwinkerte sie Manuela zu.

„Wieso mit Thomas?", wollte sie wissen.

„Thomas ist BDSMler und Dominant. Er kann dir bestimmt Fragen besser beantworten als ich. Das ist so
nicht meine Welt.", sagte Steffi.

Sie gingen die Treppe wieder hinauf und dann den Gang weiter entlang. Zuerst kamen wieder Duschen und WC-Anlagen. Links ging ein Gang ab, wo ein Schild stand „Sauna – Whirlpool".
Von geradeaus kamen links und rechts Räume, aus denen man Stimmen und Stöhnen hörte.

„Zum Sauna- und Pool-Bereich gehen wir nachher.", sagte Steffi und zog Manuela weiter mit sich.

Sie kamen zu den ersten Zimmern.

Links lag ein Pärchen auf einem Futon-Bett und schmuste, ansonsten war der Raum leer. Im Raum rechts war mehr los. Eine blonde Frau lag rücklings auf dem Bett, während ein Mann vor ihr kniete und sie mit heftigen Stößen befriedigte, während ein zweiter in ihrer Kopfhöhe hockte, den sie ihn scheinbar Oral befriedigte. Zwei weitere Männer standen im Zimmer und onanierten. Ihre Blicke gingen sofort zu den Frauen. Steffi und Manuela guckten nur kurz, gingen dann weiter.

Der nächste Raum links war leer, der Rechte abgeschlossen. Man hörte allerdings aus ihm ein Stöhnen und Winseln.

Am Ende das Ganges ging eine Treppe links, eine rechts hoch. Steffi führte Manuela zur rechten Treppe und sie gingen hinauf.

Hier war deutlich mehr los.

Viele Leute drängten sich über die breiten Gänge oder saßen auf Sofas, die im Gang platziert waren.

Einige Personen standen in den Türen, aus deren Räume stöhnen, schreien oder ähnliches zu hören waren.

Die Atmosphäre und die Geräusche machten Manuela schon ein wenig an. Sie hatte noch das Bild von dem Dreier-Gespann unten im Kopf.

„2 Männer. So was hatte ich auch noch nicht.", dachte sie bei sich. „Bestimmt toll, so verwöhnt zu werden."

Sie folgten dem Gang weiter bis sie zu einem größeren Raum kamen. Steffi zog Manuela hinein.

Dort standen einige Sofas an der Wand und vor ihnen tat sich eine hochgelegte Spielwiese auf, auf der einige Frauen und Männer entweder in kleinen Gruppen oder Paarweise amüsierten. Überall stöhnen und leise Schreie.

Manuela schaute gespannt zu. So etwas hatte sie bislang, wenn überhaupt nur in Pornos gesehen und die hat sie selten geschaut.

Hin und wieder hatte Bernd mal eine DVD ausgeliehen, die sie dann zusammen angeschaut hatten. Es hatte sie schon geil gemacht, sich den Sex auf dem

Bildschirm anzusehen. Danach hatte sie mit Bernd auch meistens geschlafen. Aber so wie im Film war es nie. Warum, hätte sie nicht sagen können.

Sie verdrängte die Gedanken an ihren Ex und schaute weiter gebannt auf das Treiben auf der Spielwiese. Ja, ohne Zweifel. Es machte sie geil und erregte sie sehr. Hier kam zu dem Stöhnen und dem Sehen auch noch die Atmosphäre und der Geruch dazu, was sie zusätzlich antörnte.

Steffi stand hinter ihr und beobachtete sie.

Plötzlich merkte Manuela Steffi ganz dicht hinter sich. Eine Hand legte sich auf ihre linke Brust und Steffi flüsterte ihr ins Ohr:

„Na, Süße. Macht dich das an?"

Ohne eine Antwort von Manuela abzuwarten, griff Steffi mit der rechten Hand um ihre Hüfte und ihre Finger berührten ihre Scham. Der Zeigefinger rotierte langsam über Manuelas Klitoris, während die Linke die Brustwarze durch den schwarzen Stoff zwirbelte.

Manuela stöhnte auf. Ja, sie war geil. Diese Stimmung in diesem Club machte sie total an.

Plötzlich stand ein junger Mann schräg vor ihr und lächelte sie an und schaute auf Steffis Hand zwischen Manuelas Schenkeln.

Er streichelte sanft über Manuelas Arm, die ihn ohne ein Wort zu sagen ansah.

„Wenn du das nicht willst, musst du ihm es jetzt sagen oder zeigen, Süße.", flüsterte Steffi ihr ins Ohr.

„Nicht wollen? Warum sollte ich es nicht wollen.", dachte sie. „Ich bin total erregt."

Sie sagte kein Wort und der junge Mann ließ seine Hand in ihren Schoß gleiten. Steffi zog ihre Hand zurück und legte sich auf die andere Brust und zwirbelte hier an der Brustwarze.

Die Finger des Mannes fanden den Weg zu Manuelas Lustgrotte und schnell verschwanden zwei Finger in ihr.

Sie stöhnte auf.

Seine Finger glitten schnell vor und zurück. Manuela spreizte wie Automatisch die Beine und lehnte sich gegen Steffi, die breit grinsend hinter ihr stand.

Manuelas stöhnen wurde lauter und heftiger.

Sie merkte nicht, dass um sie herum ein paar Leute, die meisten Männer, standen und dem Treiben zusahen und sich zum größten Teil dabei selbst befriedigten.

Steffis linke Hand wanderte nun zu Manuelas Po.

Sie fing an, mit dem Mittelfinger Manuelas Anus zu massieren. Sie drückte dabei ganz leicht.

Der junge Mann nahm Manuelas rechte Hand und führte sie an seinen erigierten Penis.

Fast wie von selbst fing Manuela an, ihn zu befriedigen. Der junge Mann wurde schneller und Manuela stöhnte noch mehr auf. Auch der Mann stöhnte unter der Massage seine Gliedes.

Steffis Finger, der die ganze Zeit den After Manuelas massiert hatte, drang nun durch leichten Druck in sie ein.

Manuela stöhnte laut auf.

Ein Schwall der Lust tat sich in ihr auf.

„Gott!!! Ist da geil.", schien sie zu schreien. „Ja, ja, ja… ooooohhhh ja…"

Der junge Mann schien auch fast am Ziel zu sein, da auch sein Schnaufen heftiger wurde.

Manuela kam plötzlich und ohne weiter Vorwarnung. Ein Schwall der Lust und Geilheit verließ ihren Körper. Der junge Mann wich automatisch einen Schritt zurück, um nicht nass zu werden.
Eine Welle nach der anderen durchzog Manuelas Kör-

per. Auch Anal machten sich starke Ströme in ihrem Körper bemerkbar.

Dann ließ der junge Mann von ihr ab und massierte sich selbst. Auch Steffi zog ihren Finger zurück und Manuela lehnte sich an die Wand.

„Das hast du gut gemacht.", sagte sie zu dem jungen Mann. „Meine Freundin ist zum ersten Mal im Club."

Sie zog seinen Kopf an sich heran gab ihm einen Kuss und flüsterte:

„Den Rest erledige ich für dich."

Sie kniete sich vor ihn und nahm seinen Penis ohne weiteres Nachfragen in den Mund.

Manuela, langsam wieder etwas klarer im Kopf, schaute sich den Blowjob ihrer Freundin an.

Der junge Mann streichelte Steffis Haar und zog ihren Kopf näher an sich heran. Sein Stöhnen wurde lauter und er stand kurz vor der Explosion.

Kurz bevor er kam, ließ Steffi ihn frei und sein Sperma landete auf ihren, mittlerweile freigelegten Brüsten.

„Jaaaaa… Du Sau. Gib mir alles.", schrie sie ihn an und wichste seinen Penis immer weiter, bis der Mann sich einen Schritt zurück zog.

Irgendjemand reichte Steffi ein Papiertuch, damit sie sich den Erguss von der Brust wischen konnte. Sie stand auf, nahm den Kopf des Mannes zwischen ihren Hände und gab ihm einen intensiven Zungenkuss.

„Danke.", sagte sie.

„Nein. Ich danke euch. Das war einer der geilsten Abende, die ich je erlebt habe. Danke. Das war super mit euch."

Er gab Manuela einen Kuss auf die Wange und verschwand in der Menge.

Steffi wand sich wieder Manuela zu.

„Na, Süße. Hat es dir gefallen?", fragte sie mit einem verschmitztem Lächeln.

„Boah, das war Mega.", sagte Manuela leise und noch immer nach Luft ringend. „Was hast du da gemacht? Ich wollte das doch nicht.", lächelte sie Steffi an.

„Tja. Ist eben doch nicht nur ein Ausgang.", sagte Steffi und grinste frech.

Damit zog Steffi ihren Reißverschluss an der Corsage wieder zu, gab Manuela einen Zungenkuss und nahm ihre Hand, um ihr den Rest des Clubs zu zeigen.

Den jungen Mann konnten sie nicht mehr sehen.

Später gingen sie wieder runter zu den anderen.

Steffi holte sich eine Cola und eine Sekt für Manuela.

„Trink. Das regt den Kreislauf an.", sagte sie, als sie ihr das Glas reichte.

„Ist was passiert? Ist dir nicht gut?", fragte Thomas besorgt.

„Doch, doch. Alles gut.", antwortete Manuela. „Ich hatte nur ein unerwartetes Erlebnis".

Sie lächelte und war froh zu sitzen.

Kapitel 8

Der Keller

„Sag mal, Thomas.", fragte Steffi. „Hast du eigentlich deine Werkzeugtasche mit?"

„Sicher. Willst du etwa endlich mit mir spielen gehen?", grinste er.

„Neeeeeeeeeee...", schüttelte Steffi den Kopf. „Ich nicht, aber als Manuela und ich unseren Rundgang gemacht haben, waren wir natürlich auch im Keller. Manuela war etwas enttäuscht, das dort nix los war. Sie hat so was noch nie live gesehen und keine Erfahrung damit. Ich dachte, du könntest sie mal informieren und ihr ein bisschen was zeigen!? Vielleicht hast du ja ne neue Sub an der Angel und keiner weiß es.", lachte sie.

Thomas stand auf und gab Steffi zu verstehen, das sie auf seinen Platz aufrücken soll, damit er sich neben Manuela setzten konnte.

Steffi tat, wie gewünscht und setzte sich um.

„So so.", sagte Thomas zu Manuela. „Du interessierst dich für BDSM?"

„Interessieren ist vielleicht falsch ausgedrückt. Ich habe bislang nur davon gehört, aber noch nie so was gesehen. Auch nicht am Fernsehen oder so. Ich glaube auch nicht, das mir das liegt."

„Bist du denn Devot veranlagt oder bist du eher ne dominante Frau?", wollte Thomas wissen.

„Keine Ahnung.", zuckte Manuela mit den Schultern. „Ich mag es wenn, ein Mann mir beim Sex mal nen Klaps auf den Po gibt, aber ich denke, du meinst was anderes!?"

„Ja, allerdings.", lachte Thomas. „Aber OK, wir gehen mal in den Keller und ich zeige dir mal mein „Werkzeug" und nicht, das du jetzt was falsches dabei denkst. Es ist im Koffer, nicht in der Hose. Obwohl...", lachte er und und schaute dabei an sich runter.

Manuela musste lachen und befürwortete das Vorhaben mit dem Keller.

„Wenn ich schon mal hier bin und lernen kann, dann sollte ich es auch nutzen, oder?", grinste sie.

„Sehe ich auch so.", meinte Thomas und stand auf.

„Ich hole mal den Koffer und komme dann wieder her und wir gehen gemeinsam nach unten."

Mit diesen Worten zog er los.

Nach einer kurzen Weile kam er mit einem Rollkoffer zurück zum Tisch.

„Wollen wir?", fragte er Manuela.

„Ja, gerne." und blickte zu Steffi. „Kommst du mit?"

„Nein, Süße. Macht ihr mal. Bei Thomas bist du in sehr guten Händen. Er wird nicht tun, was du nicht möchtest und schön auf dich aufpassen." sagte sie und hob dabei ermahnend den Zeigefinger in Richtung Thomas.

Er grinste, nahm Manuelas Hand und zog sie hoch.

Thomas ging voraus und Manuela folgte ihm wortlos.

Sie gingen durch den Torbogen mit dem Vorhang und dann direkt die Treppe runter, den Weg, den sie auch mit Steffi gegangen war.

An den ersten Räumen gingen sie vorbei und bogen am Ende des Ganges nach links ab bis zum Ende.

Hier war die Tür zu einem etwa 15 qm großen Raum, den sie nun betraten.

„Das ist mein Lieblingsraum.", sagte er zu Manuela. „Ich hoffe, du fühlst dich hier wohl!?", meinte er mehr fragend als wissend.

„Ja, alles gut.", meinte sie. „Wenn du hier gerne bist, ist das OK. Ich kenne die anderen Räume ja auch nur vom sehen bei der Clubführung mit Steffi."

„Prima.", meinte er und lächelte sie an. „Ich werde dir dann mal alles hier erklären. Willst du was bestimmtes wissen, dann frage einfach. OK soweit?"

„Ja.", lächelte sie zurück. „Das mache ich."

Sie fühlte sich in Thomas Nähe sichtbar wohl und war entspannt. Sie hatte keine Angst, mit dem fremden Mann alleine in diesem Keller zu sein. Auch nicht, als Thomas ihr zu verstehen gab, das er die Tür abschließen würde, um nicht gestört zu werden. Sie kannte ihn nicht, aber trotzdem vertraute sie ihm. Er hatte so eine Ausstrahlung, die keine Angst aufkommen ließ.

Er zeigte ihr das Andreaskreuz, den Bock und den brusthohen Käfig in dem Raum und erklärte ihr, wozu man es nutzt und welche Spielmöglichkeiten sich damit boten.

Dann zeigte er auf den Balken unter der Decke. Dieser war mit einer Winde verbunden, so das man ihn hoch oder runter lassen konnte. An jedem Ende war eine Handfessel aus Leder angebracht, um die Spielgefährtin hier fixieren zu können.

Er zeigte ihr auch eine etwa 80 cm lange, verchromte Eisenstange, die ebenfalls an jedem Ende eine Lederfessel hatte.

„Kannst du dir denken, wofür die gedacht ist.", fragte er Manuela.

„Wenn man den Balken nicht nutzen möchte vielleicht?", erwiderte sie fragend.

„Ja, das würde natürlich auch gehen, aber sie ist, zumindest bei mir, für die Beine und Füße gedacht. Wenn ich dich am Balken mit den Händen fixiert habe, hättest du ja noch Bewegungsfreiheit in den Beinen und wenn ich als dein Herr das nicht möchte, kann ich deine Füße auch anbinden. So bleiben sie schön gespreizt.", grinste er sie an.

„Aha.", grinste Manuela. „Und du bist dann „der Herr"? Was bin ich denn dann?"

„Oh, das ist recht Unterschiedlich. Je nachdem, wie dein Herr dich im Spiel titulieren möchte. Einer nennt seine Sub „Schlampe" oder „Miststück", ein anderer „Hure" oder auch einfach nur „Sub" oder auch „Sklavin". Das ist aber in aller Regel nur für das Spiel und soll dann deinen „Stellenwert" hier klarstellen.
Heißt: Du bist Mein und hast zu gehorchen.
Es gibt aber auch die 24/7 Beziehungen, da ist das vielleicht anders, muss aber auch da nicht sein."

„Was ist 24/7?", fragte Manuela neugierig.

„Das ist, zumindest in meinen Augen, eine Lebenseinstellung, wo ein Paar die Dom/Dev-Beziehung 7 Tage die Woche und 24 Stunden am Tag lebt. Er befiehlt, sie gehorcht. Geht natürlich auch anders herum, wenn sie der dominante Part der Beziehung ist und er der submissive Teil."

„Ach so. Verstehe.", lächelte Manuela. „Das ist definitiv nichts für mich."

„Meins ist es auch nicht, aber wer es mag: Warum nicht.", grinste er.

„Hast du noch Fragen zu irgendwas hier?", wollte er von ihr wissen.

„Nööö… Soweit alles gut verstanden.", lächelte sie ihn an.

Er gefiel ihr wirklich sehr. Seine Stimme, seine Art zu reden und zu erklären, sein Duft und seine zarten Berührungen während er ihr alles erklärte, zeigte und sie alles anfassen konnte.

„Gut.", meinte er. „Kommen wir zum Koffer und seinem bösen Inhalt."

Er lachte sie an und sie lachte mit.

„Es handelt sich um einen ganz handelsüblichen Koffer, den du in jedem Kaufhaus oder so bekommen kannst. Ich habe dann von innen mit Gummiband eingenäht, so das ich meine Sachen hier vernünftig befestigen kann, damit sie nicht wie wild hier drin herumfliegen. Bei vielen Dingen wirst du schon so wissen, wofür sie sind, wenn du sie siehst, andere wirst du nicht kennen, aber dann fragst du einfach."

Er legte den Koffer oben auf den Käfig und öffnete ihn. Aufgeklappt konnte Manuela nun seinen Inhalt sehen und Thomas fing mit den größeren Sachen an zu erklären.

„Das ist eine Gerte, wie sie auch bei Pferden eingesetzt wird. Je nach Heftigkeit und Ausführung kann sie weh tun oder auch nur etwas reizen. Dann hier die Rohrstöcke. Verschiedene dicken und somit auch unterschiedlich von der Wirkung. Das Ding hier nennt man Flogger. Auch den gibt es in verschiedenen Varianten. Dünnes Leder vorne oder Kunststoff, mit langen oder kurzen Riemen dran. Ich habe nur diesen einen mit Leder und kurz. Ich komme damit am besten klar. Dann haben wir hier noch ein Paddle mit Nietenbesatz an den Seiten."

„Hast du keine richtige Peitsche? Ich dachte immer, das würde dazugehören?", fragte Manuela.

„Bei einigen ja, bei anderen nein. Ich gebe zu, das ich mal eine hatte, aber ich komme damit nicht zurecht und ich will ja meine Spielpartnerin nicht ernsthaft verletzten. Was man nicht richtig benutzen kann, sollte man lassen, finde ich."

Manuela nickte zustimmend und folgte weiter den Ausführungen von Thomas.

„Hier das Kleinzeugs. Vibrator, Analplugs in verschiedenen Größen, Nervenrad, Nippelklemmen..."

Bei den Analplugs musste sie zwar schlucken, war sich seit der Situation und ihren „Gefühlen" beim Sex vorhin oben nicht mehr so sicher, ob das nichts für sie war. Ihre Empfindungen waren doch heftiger gewesen als sie dachte.

„Was macht man mit dem Nervenrad?", fragte Manuela dann dazwischen.

„Damit fährt man sanft oder auch fest über die Haut der Partnerin oder des Partners. Ich denke, so von sanft bis irgendwo dazwischen hat die beste Wirkung."

„OK, verstanden.", lächelte Manuela.

„Prima. Natürlich habe ich auch immer Gleitgel, Hände-Desinfektionsmittel, Kondome usw. dabei. Das hier sind Nadeln. Natürlich hygienisch verpackt und werden nach Gebrauch entsorgt. Nutze ich nicht oft, aber ab und an findet sich jemand, die darauf steht. Dann noch ein paar Wäscheklammern für die Warzen oder auch Schamlippen oder wo auch immer man sie anbringen will. Ich habe auch immer ne Tube Wund- und Heilsalbe dabei, wenn es mal etwas heftiger war und meine Partnerin das möchte. Wie du aber siehst, ist die noch zu. War also nie Nötig. Die anderen Sachen sind handelsübliche Artikel, die man in jedem Kaufhaus oder Baumarkt bekommen kann. Eine kleine Drahtbürste, Holzlöffel, Scheuerschwamm und so was. Man findet oft viele, schöne Dinge, wenn man mit offenen Augen durch den Baumarkt geht.", lachte Thomas.

„Aber nen Akku-Schrauber hast du nicht mit.", lachte Manuela.

„Nein.", lachte auch er. „Wozu auch? Löcher hast du ja schon genug!", und zwinkerte dabei.

Manuela wurde etwas rot, obwohl er ja recht hatte.

„Ich habe natürlich auch meine eigenen Lederfesseln und auch Handschellen dabei. Und natürlich auch Bänder und Seidentücher, die man entweder zum fesseln oder auch zum Augen verbinden nehmen kann.

Und klaro, auch richtige Augenbinden", und hob eine Augenmaske hoch.

„Uuuiii.", kam es von Manuela. „Ich habe gehört, das es viele Frauen geben soll, die das toll finden, weil man nur fühlt und nichts sieht. Ist das so?"

„Ja, es gibt einige. Andere wiederum wollen das nicht, weil sie vielleicht Angst haben, so ausgeliefert zu sein oder nicht reagieren können. Aber wie schon mal gesagt: Jeder so wie er mag.
Möchtest du sie mal probieren? Oder willst du überhaupt mal was ausprobieren?"

„Du meinst, ob wir hier „spielen", wie du es nennst?"

„Ja, genau. Nur durch ansehen und erklären kommst du ja nicht viel weiter."

„Und was mache ich, wenn es mir nicht gefällt?", wollte Manuela wissen.

„Wir machen es in aller Regel so: Entweder es gibt ein Safe-Wort, das du sagst, wenn du nicht mehr willst oder wir können den Ampel-Code nehmen.
Grün ist „Alles OK, mach weiter". Gelb heißt „Achtung du kommst an meine Grenzen" und Rot ist logischerweise „Stop! Hör auf damit". Es geht auch die Kombination. Beim Spiel Ampel-Code und wenn du nicht mehr willst, das Safe-Wort. Könnte zum Beispiel „Schluss" oder „Ende" sein. Dann höre ich sofort auf. Ich habe bei dir ja auch noch keine Ahnung, wie weit ich gehen kann und du selbst weißt es von dir ja auch noch nicht."

„Ich bin mal mutig und vertraue dir. Wenn Steffi sagt, du bist ein verlässlicher Typ, dann glaube ich ihr.
Also lass es uns versuchen.
Was muss ich also tun?", wollte sie nun wissen.

„Zunächst fangen wir damit an, das du mich als „mein Herr" ansprichst.", sagte er.

„OK. Was muss ich tun, mein Herr?", lächelte Manuela.

„Nicht was muss, sondern was darf ich tun, mein Herr", sagte Thomas mit etwas härterer Stimme.
„Zieh dich aus, Miststück.", befahl er.

Etwas erstaunt über den Tonfall gehorchte sie ihm aber, denn er hatte ja erklärt, das es zum Spiel gehört.

„Du wirst nun eine entsprechende Demutshaltung annehmen. Den Kopf gesenkt, deine Hände auf den Rücken, die Handflächen zeigen nach oben.", wies er sie an.

„Ja, mein Herr.", lächelte sie und senkte den Kopf.

Er packte sie im Haar zog ihr den Kopf zurück und sagte:

„Und hör auf zu lächeln. Das schickt sich nicht für eine gehorsame Sub. Hast du mich verstanden, Miststück?", sagte er barsch.

„Ja, mein Herr. Entschuldige bitte."

„Mein Herr. Nach Entschuldige bitte, kommt wieder „mein Herr"".

„Ja, mein Herr. Entschuldige bitte, mein Herr."

„Schön. Du lernst schnell, Miststück. Komm hier herüber und stell dich hier hin."

Er wies ihr den Platz unter dem Balken zu.
Sie kam mit gesenktem Kopf und stellte sich an den gewünschten Platz, die Hände wie befohlen auf dem Rücken mit Handflächen nach oben. Nun stieg doch etwas Angst in ihr auf. „Was wird mich erwarten? Was macht er mit mir?", waren ihre inneren Fragen, die sie sich nun stellte.

„Das Safe-Wort ist übrigens „Ende". Du wirst es sagen, wenn du aufhören möchtest. Zwischendurch werde ich dich Fragen, wo wir stehen. Du Antwortest dann mit Grün, wenn alles gut ist. Ansonsten sagst du auch ohne Nachfrage „Gelb" oder auch „Rot". Es ist wichtig, hörst du? Ich kenne dich noch nicht und will dir nicht schaden. Es soll uns beiden gefallen. Ich möchte, das du diesen Raum glücklich und zufrieden verlässt und mich als guten Freund und nicht als den Mann, der dir was angetan hat, in Erinnerung behältst."

„Ja, mein Herr. Das werde ich so machen, mein Herr. Danke, mein Herr."

Thomas grinste. Was für eine tolle Frau dachte er und hoffte, das ihr das Spiel gefallen würde. Vielleicht könnte ja mehr als nur eine einmalige Session daraus werden. Vielleicht sogar eine Beziehung?

Er ließ den Balken mit der Winde ein Stück runter. Dann nahm er zuerst ihre rechte Hand und legte sie in die Handfessel. Danach die Linke in die Andere.

Als nächstes holte der die verchromte Stange mit den Fußfesseln.

„Spreize deine Beine, Miststück.", befahl er.

Sie tat, wie ihr befohlen war.

Er legte zunächst die eine Fessel um den rechten, dann die andere um den linken Fuß an.

Danach betätigte er wieder die Winde, die nun langsam den Balken wieder hoch zog, bis Manuela gestreckt, aber mit sicherem Stand auf dem Boden, verharren konnte.

„Ist gut so für dich, Miststück? Stehst du sicher und gut?"

„Ja, mein Herr. Ich stehe gut, mein Herr. Danke, mein Herr.", erwiderte sie.

„Du bist eine wunderschöne Frau.", sagte er, hob dabei ihren Kopf an und schaute ihr tief in die Augen.

„Danke, mein Herr.", sagte Manuela und versuchte nicht zu lächeln, was ihr in Anbetracht der für die ungewohnten Situation sehr schwer fiel.

Thomas ging zum Koffer, holte die Augenbinde und sagte zu ihr:

„Grün?"

Manuela sah ihn an:

„Ja, mein Herr. Grün, mein Herr."

Diese Nummer mit den Augenbinden wollte sie immer schon mal ausprobieren. Auch wieder einer dieser unerfüllten Fantasien, über die sie nie mit Bernd gesprochen hatte. Das es nun in einem BDSM-Raum war, war wohl eine Fügung des Schicksals.

Heute lernte sie mehrere Sachen gleichzeitig kennen und es wird wohl einen Grund haben, das ich hier bin, dachte sie bei sich.

Thomas legte ihr die Augenbinde um.

Manuela atmete tief durch. Es war ein komisches Gefühl, wenn man nichts sehen kann. Dazu dann noch in einer völlig neuen Umgebung, mit einem völlig fremden Mann, dem sie sich völlig hingab und dem sie Vertrauen musste.

Ja, sie war ausgeliefert, völlig ausgeliefert auf Gedeih und Verderb. Und es erregte sie ungemein.

Manuela merkte, wie Thomas um sie herum ging und dabei ein Finger über ihren Körper zog. Es kribbelte in hier und sie merkte, wie ihre Warzen hart wurden und sich aufrichteten.

„Schön.", sagte er. „Du bist wirklich Wunderschön."

„Danke, mein Herr."

Sie merkte das er vor ihr stand.

Seine Hand streichelte ihre Wangen und ihr Haar.

Dann wanderte sie zu ihrer Brust und packte fest zu. Sie stöhnte leicht auf. Ja, das gefiel ihr schon mal,

wenn er so fest zupackt.
Thomas nahm nun auch die zweite Hand dazu und zwirbelte fest ihre harten Nippel.

Wieder stöhnte sie auf und warf den Kopf in den Nacken.

Er ließ von ihr ab und sie merkte, das er vor ihr stand und sie musterte. Ihre Gedanken kreisten nun umher. Was macht er? Was denkt er? Gefalle ich ihm wirklich oder lacht er sich gerade innerlich schlapp über mich blöde Kuh? Sie wollte was sagen, wusste aber nicht was.

Plötzlich wie aus dem Nichts, „Patsch"!
Ein fester, harter Schlag durchzog ihre linke Brust.
Es tat weh, aber war trotzdem irgendwie auch schön.

Dann wieder. „Patsch". Dieses mal traf es ihre rechte Brust. Sie stöhnte auf.

Dann hörte sie, wie er sich etwas entfernte und das er am Käfig war.

Die Schritte kamen wieder näher zu ihr.

Sie merkte, das es etwas glitschiges, klebriges an ihrem Poloch auftrug. Sie ahnte, was passieren würde und überlegte noch, ob sie „Rot" rufen sollte, dachte aber an der Fingerspiel vorhin mit Steffi und ließ ihn erst mal gewähren.

Er entfernte sich wieder, kam wieder zurück und stand hinter ihr. Er nahm ihren Kopf, zog ihn nach hinten und küsste sie sehr leidenschaftlich.

Dann spürte sie etwas metallisches und kühles an ihrem After.

„Ahhhh...!", entfuhr es ihr.

Sie merkte, wie der Plug in ihren Po eindrang. Er kam ihr riesig vor, aber Thomas hauchte nur in ihr Ohr:

„Wir fangen mal mit dem Kleinsten an, Miststück."

Nach einem kurzen Moment fühlte sich der Plug nicht mehr unangenehm an. Ganz im Gegenteil. Sie fühlte sich... Sie wusste nicht, wie sie es nennen sollte... ausgefüllt? Keine Ahnung, ob man das so beschreiben sollte, aber es fing an, sich toll anzufühlen.

Thomas war zwischenzeitlich wieder am Koffer und kam zu ihr zurück.

Jetzt merkte sie, wie etwas spitzes über ihren Körper fuhr und ihr einen wohligen und erregenden Schauer über den Rücken jagte. Das Nervenrad, dachte sie bei sich. Es fühlte sich einfach Megageil an.

Ihre Nippel richteten sich noch mehr auf und sie merkte, wie die Feuchtigkeit in ihrem Schoß immer mehr wurde. Das Rad fuhr über ihren Rücken, um dann über die Schulter nach vorne über ihre Brüste zu fahren. Sie stöhnte laut auf und am liebsten wäre sie in die Knie gegangen und hätte die Beine geschlossen, als das Rad über ihre Scham fuhr. Dabei packte Thomas sie im Nacken, zog sie zu sich heran und küsste sie sehr innig.

Er legte das Nervenrad bei Seite und seine Hand massierte ihre Vulva. Sie stöhnte laut auf. Er merkte, wie feucht sie war und ließ Mittel- und Ringfinger in ihrer Lustgrotte verschwinden.

Erneut stöhnte sie laut auf. Seine Finger fanden schnell den größten Punkt ihrer Lust und sie schrie fast, so sehr massierte er ihr Inneres.

Ein Schwall der Lust ergoss sich erneut aus ihr, noch heftiger als es bei dem jungen Mann oben vorhin geschehen war. Sie wusste nicht wie man das wohl nennt, aber würde Steffi fragen, dachte sie bei sich, als sie wieder etwas klarer dachte.

Thomas war währenddessen wieder zurück zum Koffer gegangen.

Sie merkte, das er wieder hinter ihr stand.

„Alles noch grün?", fragte er.

„Ja, mein Herr.", schnaufte sie noch außer Atem. „Besser als grün, mein Herr."

„Sehr schön, Miststück.", lächelte er.

Sie konnte sein Lächeln förmlich in seiner Stimme hören.

Plötzlich landete etwas auf ihren Pobacken und sie zog die Muskeln zusammen, was ihr noch mal einen Kick mit dem Plug gab.

Sie stöhnte auf. Es tat nicht sonderlich weh, zwiebelte nur ein bisschen. Dann noch mal auf der anderen Seite und dann in schneller Folge links, rechts, links, rechts. Sie genoss dieses Gefühl. Es war zwar Schmerz, aber nicht so, als wenn man sich beim Kartoffelschälen schneidet oder den Kopf an der Küchentür stößt. Es war ein unbekannter Schmerz aus Lust und Geilheit, der sie weiter und weiter erregte. Ein nie gekanntes Gefühl, das bitte, bitte nicht aufhören sollte, so schön und erregend fand sie es.

Sie krallte sich in ihre Fesseln, um weiter halt zu haben. Diese Gefühl des Ausgeliefert sein und nicht wissend, was gerade um sie herum passierte war so neu, so erregend, so... Fantastisch.

Hatte sie jetzt etwa ihre neue Welt, ihr neues Leben entdeckt? War dieses BDSM doch ihr Ding?

Im Moment hätte sie das mit einem klaren „Ja" beantwortet. Aber was gab es da noch? Wie weit wäre sie bereit mit diesem Mann in diesem Raum zu gehen? Oder auch außerhalb dieses Raums?
Sie stellte sich viele Fragen, die sie noch gar nicht beantworten konnte. Zu erregt und zu sehr auf das Spiel fixiert war sie im Augenblick.

Thomas ging um sie herum.

Sie spürte, wie ein kleines Stück Leder oder so was auf ihren steif aufragenden Brustwarzen tänzelte. Was war das, fragte sie sich noch, als plötzlich ein neuer Lustschmerz durch ihre Nippel und ihre Brust zog.

„Ahhh...!", schrie sie auf. „Wahnsinn!!!"

„Gefällt dir das, Miststück."

„Ahhhh... Ja, mein Herr. Es gefällt mir, mein Herr.", hechelte Manuela.

Ohne Vorwarnung war der andere Busen an der Reihe. Wieder schrie sie vor Lust auf. Den eigentlichen Schmerz spürte sie gar nicht so sehr als Schmerz.

Wieder ging es links, rechts, links, rechts, links.
Sie konnte nicht sagen wie oft. Es war einfach nur...
Ja, schön und geil.

„Immer noch Grün?", wollte Thomas wissen.

„Ja, mein Herr. Immer noch ganz Grün."

„Weißt du, was das war, Miststück?", fragte Thomas sie.

„Ich vermute, die Gerte, mein Herr!?", erwiderte sie japsend.

„Genau erkannt. Hat mein kleiner Liebling dir gefallen, Miststück?"

„Ja sehr, mein Herr."

„Sehr schön. Du machst dich sehr gut als Sub, Miststück."

„Danke für das Lob, mein Herr."

„Es wird Zeit, das auch ich mal zu meinem Vergnügen komme, finde ich. Oder meinst du nicht?", wollte er wissen.

Sie wusste zwar nicht, was er jetzt meinte, antwortete aber mit einem klaren ja.

Einen Moment hörte sie nichts.

Plötzlich merkte sie, das er hinter ihr stand. Sie spürte sein erregtes Glied an ihrer Pobacke.
Jetzt war ihr klar, was er meinte. Er würde sie nehmen, wie ein Mann eine Frau nimmt. Lange war es her, das das passiert war. Noch nie war ein anderer

Mann als Bernd in sie eingedrungen und ja, sie wollte es. Sie wollte es sogar sehr und das erregte sie noch stärker.

Er zog sie an den Becken fassend nach hinten, so das sie vornübergebeugt im Hohlkreuz stand, ihr Po und ihre Vagina sich nach hinten schoben und er in sie eindringen konnte.

Sie stöhnte laut auf, als sein harter Penis ihre Schamlippen spreizte und tief in die Grotte ihrer Lust eindrang. Mit harten und festen Stößen besorgte er es sich und auch ihr. Sie hörte das Klatschen seines Beckens an ihrem Po und schnell kam sie zum Orgasmus. Laut stöhnte sie auf, schrie ihre Lust in den Raum. Endlich, dachte sie. Endlich mal wieder.
War sie wirklich so ausgehungert nach einem Mann? Nach Sex? Nach einem harten Glied?

Als Thomas merkte, das sie gekommen war und mehrere Wellen des Orgasmus erlebt hatte, ließ er von ihr ab. Er löste die Fußfesseln, dann die Hand fesseln.

„Knie dich hin und öffne deine Mund, Miststück.", befahl er ihr.

„Ja, mein Herr.", gehorchte sie und wusste, was sie jetzt zu tun hatte.

Sie öffnete den Mund und sein erigierter Penis verschwand in ihrem Schlund.

„Saug, Miststück. Saug.", sagte er zu ihr.

Sie tat, wie ihr befohlen wurde und saugte, so wie sie es wohl noch nie zuvor bei Bernd getan hatte. Sie war ja auch noch nie so erregt gewesen, wie jetzt.

Thomas packte sie im Nacken, hielt ihren Kopf fest und bewegte sein Becken vor und zurück, so wie er es zuvor getan hatte, als er hinter ihr stand. Tief drang sein Glied dabei in ihren Rachen und sie hatte einen kurzen Moment das Gefühl, sie müsse sich übergeben, als der Penis tief in ihren Hals vorstieß.

Dann fing sie an es zu genießen. Ein Deep Throat, dachte sie bei sich. Das kannte sie aus den Pornos, die sie mit Bernd mal gesehen hatte.

Thomas stöhnte lauter und lauter. Dann zog er sein Glied aus ihrem Mund und ergoss er sich auf ihren Brüsten. Schwall um Schwall spritzte auf sie. Irgendwie war sie traurig, das er es ihr nicht ins Gesicht spritzte. Noch so ein geheim gebliebener Wunsch. Aber was nicht ist kann ja noch ein anderes mal wahr werden.

„Boah. Das war echt geil, Manuela. Du bläst ja wie der Teufel.", lachte Thomas und nahm ihr die Augenbinde ab.

„Danke, mein Herr.", sagte sie und schaute ihn an.

Sein Penis war immer noch groß und hart. Er sah wirklich schön aus. Ein Penis, wie sie ihn sich in ihren Träumen und Vorstellungen immer ausgemalt hatte, wenn sie mal für sich alleine war und ihre eigene Zärtlichkeit genoss.

„Ich glaube, für heute sind wir fertig. Was meinst du?", fragte er sie.

„Wenn du es so wünscht, mein Herr.", lächelte sie.

„Wenn das Spiel zu Ende ist, brauchst du aber nicht mehr „mein Herr" zu mir sagen.", lachte er.

„Mmmmhhhh... Schade eigentlich. Hatte mich schon dran gewöhnt.", lachte sie zurück und wusch sich das Sperma mit einem Papiertuch von den Brüsten, das er ihr gereicht hatte.

„Hat es dir wirklich gefallen?", hakte Thomas nach.

„Ja, sehr. Ich hätte nie gedacht, das mir das Lust bringen könnte. Ich habe die Frauen, die das „erdulden" müssen, immer bemitleidet. Ich hätte sie besser beneiden sollen.", grinste sie.

„Na, da du ja scheinbar ein kleines Naturtalent bist, dürfen wir das gerne wiederholen, wenn du magst."

„Ja, Thomas. Das würde ich wirklich gerne irgendwann mal wiederholen."

„Klasse.", grinste er. „Zieh dich an und lass uns wieder rauf zu den anderen gehen. Es ist schon spät und mal gucken, wer noch so da ist."

„Spät?", fragte Manuela. „Wie spät ist es denn?"

„Gleich halb zwei."

„Echt??? Waren wir so lange hier? Kam mir gar nicht so vor."

„Tja so knapp 2 Stunden?", stellte er fragend fest.

„Hoffentlich ist Steffi noch da und hat mich nicht vergessen?"

„Erstens, mein Schatz, ist Steffi die, die den Laden hier mit abschließt und ansonsten bringe ich dich nach Hause und wir Frühstücken morgen früh zusammen.", lachte er.

„Ein anderes mal gerne, Thomas. Ein anderes mal gerne."

Thomas nahm seinen Koffer, nahm Manuelas Hand und gab ihr einen Kuss. Dann gingen sie nach oben.

Kapitel 9

Das Profil

„Wo ward ihr solange?", schoss es aus Steffi raus. „Musstest du soviel Fragen fragen, das ihr solange weg gewesen seid?", lachte sie laut auf.

Auch die anderen, die am Tisch saßen mussten lachen.

„Hat es dir gefallen, Süße?", fragte Steffi dann.

Manuela sagte nichts, ging zu Steffi und gab ihr einen langen und intensiven Zungenkuss.

„Ey...", rief Steffi. „Ich habe vor ner halben Stunde einen Blowjob gemacht. Willst du klauen?"

„Ich wollte nur Danke sagen, das du mich in den Keller geschickt hast.", lächelte Manuela.

„Sooo gut?", fragte Steffi mit weit aufgerissenen Augen.

„Besser.", antwortete Manuela. „Viel besser."

„Wow. Dann habe ich ja wohl alles richtig gemacht, dich mit herzuschleppen, was?", lachte Steffi.

Thomas stellte seinen Koffer hin und ging zu Steffi. Er nahm ihren Kopf zwischen seine Hände und gab ihr ebenfalls einen dicken Kuss.

„Lasst meine Blowjob in Ruhe. Was ist denn mit euch?", lachte sie.

„Und ich wollte nur Danke sagen, das du Manuela mitgebracht hast.", lachte er.

„Jaja, schon gut Leute. Ey, wo ist den jetzt der Typ, dem ich einen geblasen habe. Hier klauen alle den Geschmack. Wir müssen noch mal von vorne anfangen.", lachte sie laut. „Jetzt aber echt! War es so toll für euch? Ihr ward fast 2 Stunden weg."

„Es war absolut der Hammer.", grinste Manuela und schaute dann auf Thomas.

„Scheint ihr gefallen zu haben.", grinste Thomas Steffi an.

„Hast du uns vermisst?", wollte Manuela von ihr wissen.

„Süße, ich habe die Zeit gut genutzt und genossen. Erzähle ich dir nachher auf dem Nachhauseweg."

Thomas fragte Manuela, ob sie was trinken möchte.

„Ja, gerne. Einen Sekt bitte."

„Wenn dich das Zeug so anheizt, bekommst du demnächst hier nur noch Milch. Ich erkenne meine Süße ja gar nicht wieder.", lachte Steffi und nahm Manuela in den Arm.

Thomas kam mit den Getränken zurück und setzte sich auf die andere Seite neben Manuela.

„Schlaft ihr miteinander?", fragte er Manuela, die sofort zu Steffi guckte, weil sie nicht wusste, wie sie antworten sollte.

„Manchmal.", sagte Steffi. „Weil sie ne geile Schnecke ist.", und zwinkerte Manuela dabei zu. „Aber behalt´s für dich, mein Lieber."

„Na, so offensichtlich, wie ihr euch küsst...", meinte Thomas.

„Hallo... SIE hat mich geküsst. Sonst habe ich doch für Frauen nichts über, das weißt du doch!", meinte Steffi und machte dabei einen traurigen Gesichtsausdruck.

„Ja, nee, schon klar. Manuela wird dich vergewaltigt haben.", lachte er.

Alle drei lachten und machten noch ein paar Späßchen.

Gegen halb vier entschieden sich Steffi und Manuela den Heimweg anzutreten und verabschiedeten sich von denen, die noch da waren.

„Wie kann ich dich erreichen?", fragte Thomas. „Bist du auch im JOY angemeldet?"

„Nein, leider nicht. Noch nicht zumindest."

„Aha… Wusste ich doch, das du nach heute Abend ein Profil willst. Das wir morgen früh sofort in Angriff genommen. Und dann zeige ich dir Thomas´ Profil und du kannst ihm schreiben.", gab Steffi von sich.

„Danke, Steffi.", hauchte Manuela.

„Wofür? Noch hast du´s nicht.", zwinkerte Steffi ihr zu.

Thomas gab Steffi einen Wangenkuss links und rechts und wandte sich dann Manuela zu.

Er nahm sie in den Arm und gab ihr einen langen, ausgiebigen Kuss.

Steffi verdrehte die Augen.

„Immer dieser Liebesscheiss.", gab sie von sich und lachte.

Dann gingen die Frauen Richtung Umkleide. Manuela und Steffi sprangen noch schnell unter die Dusche. Irgendwie war sie drüber weggekommen, merkte aber das klebrige Sperma von Thomas noch auf der Haut. Am liebsten hätte sie es behalten.

Auf dem Rückweg erzählte Steffi Manuela, wie sie die Zeit verbracht hatte. Zuerst war sie mit zwei jungen Boys auf „der Matte" verschwunden und hätte einen wirklich geilen Sandwich gehabt.

Manuela verstand nicht.

„Mensch, Süße. Einer vorne drin, einer hinten. Vaginal und Anal gleichzeitig.", sagte sie Manuela und verdrehte über soviel Unwissenheit die Augen.

„Oh. Ach so. Wusste ich nicht. Konnte mir aber auch nicht vorstellen, das du mit zwei jungen Typen ein Butterbrot ist."

Steffi stieg auf die Bremse, weil sie vor Lachen nicht wusste wohin und stellte sich gerade vor, wie sie da auf der Spielwiese sitzt und mit den Jungs ein Sandwich isst.

„Süße, du bist Göttlich.", lachte sie. „Aber wir lernen, nicht wahr?"

Manuela nickte. Soviel wie heute Abend hatte sie noch nie irgendwo oder irgendwann über Sex erfahren.

Steffi erzählte dann weiter von dem Typen mit dem „Hammer-Schwanz", dem sie dann noch einen geblasen hatte.

Sei war gerade mit ihren Ausführungen fertig, als sie bei Manuela vor der Tür standen.
Die Beiden stiegen aus und gingen hinein.
Vereinbart war, das Steffi über Nacht blieb, weil es sonst für sie ein Umweg gewesen wäre.

„Es ist noch etwas Wein vom letzten Wochenende da. Für jeden etwa ein Glas. Trinken wir den noch?", wollte Manuela wissen, als sie in der Küche standen.

„Ja, gerne. Ich habe ja noch nichts gehabt und so ein kleiner Schlummer-Trunk wäre schön."

Manuela goss jedem ein Glas ein, wobei sie Steffi das meiste gab. Sie fand, sie selbst hätte schon genug Sekt gehabt an diesem Abend.

„Jetzt habe ich die ganze Zeit im Auto von mir erzählt.", setzte Steffi mit der Unterhaltung an. „Wie war es bei dir? Es hat die scheinbar gut gefallen. Du strahlst jedenfalls die ganze Zeit wie Mondgesicht."

„Hammer! Es war einfach Hammer! Dieser Mann, diese Hände, diese Stimme. Und das BDSM so toll sein kann hätte ich nie gedacht. Auch zu Thomas hatte ich schon gesagt, das ich immer Mitleid mit den Frauen hatte, die so was erleben müssen. Ich dachte wirklich immer, das sie keine echte Wahl haben. Jetzt weiß ich es besser und habe eher Mitleid mit mir, das ich viele Jahre sooo Blind war und nicht den Mut hatte, was zu probieren. Du und Thomas, ihr habt mir die Augen geöffnet.", sagte Manuela. „Durch euch habe ich mich auch selbst neu entdeckt und ich denke, ich bin auch mutiger geworden."

Manuela stellte ihr Glas ab und ging zu der lächelnden Steffi herüber, legte ihre Hände um ihren Nacken und fing an sie zu küssen, voller Intensität und voller Leidenschaft. Steffi erwiderte ihre Küsse und stellte das Glas auf die Anrichte. Sie wuschelte in Manuelas Haar, streichelte ihr über den Rücken bis zum Po hinab.

„Hast du immer noch Lust auf mich oder hast dir Thomas den Kopf verdreht?", fragte Steffi.

„Komm mit.", sagte Manuela leise und nahm ihre Hand.

Sie gingen ins Schlafzimmer, wo sie sich wieder wild küssten. Sie zogen sich gegenseitig aus und küssten sich dabei immer wieder. Dann schmiss Manuela Steffi auf's Bett.

„Hoppla. Du bist ja eine ganz Wilde geworden.", lachte Steffi. „Eine Wendung um 180 Grad. Ich erkenne dich ja gar nicht wieder, meine Süße."

Manuela lächelte und fing an Steffis wunderbar straffen Brüste zu küssen und mit ihrer Zunge die Warzen zu umspielen. Steffis stöhnen zeigte ihr, das es ihr gefiel. Sie küsste sich an ihrem Bauch herunter und knetete dabei weiter ihre Busen. Jetzt kam sie an einen Punkt, den sie so zuvor noch nie erlebt hatte. Klar, sie hatte sich auch schon mal an Bernd herunter geküsst, aber da kam dann irgendwann... etwas anderes als hier. Noch nie hatte sie eine Frau da unten geküsst oder gar mit der Zunge geleckt. Aber sie wollte es! Ja, nach dieser Nacht wollte sie es umso mehr!

Sie küsste erste eine Weile die Innenseiten von Steffis Oberschenkeln. Sie waren straff und gut trainiert, schien es ihr. Machte sie eigentlich Sport? Sie verdrängte diesen Gedanke zunächst und wollte sie genießen. Sie roch den Duft ihrer Lustgrotte, kein Härchen war zu sehen. Sie küsste sanft Steffis Venushügel. Sie küsste sich die Schamlippen rauf und wieder runter, auch den Kitzler lies sie nicht aus. Steffi quittierte diese Liebkosungen mit leichtem stöhnen.

Jetzt musste es sein! Ihre Zunge fuhr durch Steffis feuchte Spalte. Sie schmeckte diesen unglaublichen Geschmack aus Lust und Geilheit, was in ihr direkt auch dazu führte, das sich ihre Warzen aufrichteten und sie feucht wurde. Steffi stöhnte angesichts der sie umspielende Zunge noch lauter auf. Sie zog, wie es Steffi am Wochenende zuvor bei ihr gemacht hatte, die Schamlippen auseinander und fuhr tief mit ihrer Zunge in diese wunderbar riechenden und schmeckenden Grotte hinein. Nie hätte sie gedacht, das ihr das gefallen würde. In ihrer Fantasie hatte sie diese Art von Liebe vor Jahren mal ausgelebt und dann verdrängt. Steffi war die Frau, die ihre tiefsten, innersten Gelüste hervorgeholt hatte und wusste eigentlich gar nicht, wie sie das gemacht hatte.

Steffi wand sich auf dem Bett hin und her und stöhnte laut, ja schrie fast vor Lust. Manuela schob ihr Zeige- und Mittelfinger in die immer feuchter werdende Lustgrotte und massierte sie, wie es Thomas bei ihr gemacht hatte.

Das Resultat lies nicht lange auf sich warten. Und lautem aufstöhnen hob sich Steffis Becken nach oben und ein Schwall von nicht kontrollierbarer Flüssigkeit verteilte sich über Manuelas Gesicht und auf dem Bett. Steffis schrie:

„Ohhhh Gooootttttt…! Was zum Geier machst du mit mir? Ohhhh… jajajaja… Hör nicht auf! Bitte, bitte hör jetzt nicht auf."

Manuelas Finger vibrierten weiter in Steffi und diese wippte mit dem Becken schreiend hin und her. Dann griff sie Manuelas Hand.

„Genug, Süße. Genug."

Japsend und nach Luft hechelnd lag Steffi da.

„Willst du mich umbringen? Was hast du da in dem Keller getrieben, hää? Habt ihr ne andere Frau dabei gehabt und du hast geübt?"

Manuela lächelte sie Liebevoll an.
Steffi gab dieses Lächeln zurück.

Dann legten sich die Beiden nebeneinander, sagten kein Wort mehr. Eng umschlungen schliefen sie schließlich ein.

Am nächsten Morgen, es war schon fast Mittag, wurde Steffi leise geweckt.

Manuela saß mit einer Tasse Kaffee in der Hand auf ihrer Bettseite am Rand.

„Guten Morgen, mein Schatz.", flüsterte sie Steffi ins Ohr.

„Guten Morgen.", lächelte Steffi zurück. „Seit wann bist du auf?"

„Seit 2 Stunden ungefähr."

„Warum hast du mich denn nicht geweckt und warum bekomme ich keinen Kuss?"

Gesagt getan, bekam Steffi einen langen, innigen Kuss.

„Besser?", fragte Manuela grinsend.

„Viel besser.", kam die zu erwartende Antwort. „Ich muss aufstehen. Wir haben noch viel vor."

„Ja, was denn?", fragte Manuela.

„Na, was wohl? Du brauchst ein Profil."

„Das ist schon passiert.", lachte Manuela. „Was meinst du, wie ich die 2 Stunden verbracht habe."

„Jetzt nicht dein ernst, oder? Ohne meinen tatkräftigen Rat? Du arme Maus weißt doch gar nicht, was du da reinschreiben musst.", grinste Steffi. „Ist schon fertig? Dann lass sehen."

Steffi sprang aus dem Bett und rannte ins Wohnzimmer, wo Manuela ihren Laptop hatte.

„Darf ich gucken? Bitte sag, dass ich darf ja?"

„Sei nicht so unterwürfig, Miststück. Du benimmst dich ja wie eine Sub.", lachte Manuela laut los.

„Wenn du meine Herrin bist, dann gerne.", lachte Steffi. „Komm schon. Lass mich gucken."

Manuela machte den Laptop an und die JOY-Seite mit ihrer persönlichen Pinnwand erschien.

„Typisch. Erst gerade Online und schon mit Clubmails zugeschüttet. Du musst einen Filter setzen, damit dich nur Leute aus deinem Beuteschema anschreiben können. Du gehst sonst unter.", sagte Steffi und klickte auf die Profilseite von Manuela.
„New_Princess"? Wie bist du denn auf den Namen gekommen?"

„Kam letzte Tage. Ich habe mir gedacht, das ich früher wie eine kleine Prinzessin gelebt habe. Ein Schloss, ein falscher Prinz und irgendwie eingesperrt. Dann war alles Neu. Du, Thomas, der Club, die Leute dort und da dachte ich mir, ich verknüpfe beides. Gefällt dir der Name nicht?"

„Doch. Sehr sogar. Passt ja auch zu dir, so wie du es erklärst. Letztlich ist es ja nur ein Pseudonym und mehr nicht. Außerdem kannst du ihn auch irgendwann mal ändern, wenn er dir nicht mehr gefällt. Echtheitsprüfung hast du auch schon. Toll."

Steffi lass den Text, sah sich den Status an.

„Single, Bi. Interessant. Swinger hast du nicht eingetragen?"

„Ich war erst einmal im Club und da habe ich ja soviel noch gar nicht gemacht."

„Dann schreib doch „Interessiert" rein. Geht auch."

„Stimmt. Ändere das bitte, du sitzt ja gerade davor."

Steffi tat, wie ihr aufgetragen wurde.

Dann blickt sie auf die Vorlieben, die Manuela angegeben hatte.

„Echt? Du hast Anal als „Steh ich drauf" angegeben? Was zum Geier ist mit dir passiert? Auch BDSM, Augen verbinden und Fesseln unter „Steh ich drauf"? Ich glaube, ich habe mich gestern doch nicht genug mit dir Unterhalten.", lachte Steffi. „Also los. Was ist im Keller alles passiert?"

Manuela lachte und erzählte, was alles im Keller so passiert was und das auch sie, Steffi, durch ihre Analaktion oben im Zimmer dazu beigetragen hat.

„Jede Wette. Wenn Bernd irgendwann auf diese Profil gehen würde, er wüsste nicht, das ich das bin.", lachte Manuela.

„Nööö. Ganz sicher nicht. Aber du brauchst noch ein paar schöne Fotos. Zum Beispiel könnte ich dich im Clubdress von gestern Abend fotografieren und ein Foto von deinem geilen Hintern, wenn du dich so an die Scheibe der Terrassentür lehnst und ihn schön raus streckst. Was meinst du?"

„OK. Machen wir´s.", lachte Manuela.

Steffi rannte zu ihrer Tasche um das Handy zu holen.

„Warum rennst du so schnell? Hast du Angst, ich überlege es mir noch mal?", lachte Manuela laut auf.

„Man weiß ja nie, was die auf mal so in den Sinn kommt. Du überrascht mich ja jetzt schon die ganze Zeit!"

„Zieh den Slip aus und stell dich ans Fenster.", sagte Steffi.

„Ohne Slip?", fragte Manuela.

„Ja, klar. Keine Panik. Durch das Gegenlicht kann man nur erahnen. Niemand kann deine Mumu erkennen. Es sei denn, du willst kein Mumu-Bild."

„Mumu? Was für ein blödes Wort.", lachte Manuela, zog den Slip aus und stellte sich ans Fenster.

Steffi drückte den Auslöser und machte drei Bilder.

„Gucke, siehste… Nix zu erkennen."

„OK. Das da nehmen wir. Jetzt noch das Kleid?"

„Ja, klar. Ich möchte übrigens, das du es behältst. Zum einen steht es dir viel, viel besser als mir und so hast du auch was da für das nächste Mal. Es gibt doch ein nächstes Mal?", fragte Steffi vorsichtshalber noch mal nach.

„Oh ja. Ganz bestimmt sogar.", grinste Manuela.

„Ich wusste es, ich wusste es.", schrie Steffi und sprang vor Freude im Zimmer herum. „Ich wusste, das es dir gefällt."

„Ach ja? Und woher bitte, Madam?"

„Ich hatte so eine Ahnung, Madam!"

Beide lachten und nahmen sich in den Arm.

Schnell wurden noch ein paar Bilder geknipst, mal im Kleid, mal nur die Beine, mal die Hände.

Dann wurde sie runter geladen und im Profil verankert. Steffi stellte noch schnell das Suchschema ein und zeigte Manuela das Profil von Thomas.

„The_Wild_One"? Echt? Thomas ist doch gar nicht so ein Wilder?"

„Früher muss er wohl mal recht wild gewesen sein.", erklärte Steffi. „Keine Ahnung, was er so getrieben hat. Er redet nicht viel über seine Vergangenheit."

„Seine Fotos sind aber toll."

„Ja. Er war bei einem Shooting. Könnten wir auch mal machen. So jetzt aber zackig Frühstück machen. Ich komme um vor Hunger."

Kapitel 10

Der Rasenmäher-Boy

Nach dem Frühstück ging Steffi noch schnell unter die Dusche und fuhr nach Hause.

Manuela trieb sich noch ein Weile auf ihrem neuen Forum herum und blickte dann in Gedanken in den Garten.

Da fiel ihr wieder ein, das sie ja jemanden suchen wollte, der ihre Anlagen einmal die Woche macht und den Rasen schneidet.

Kurzerhand rief sie eine Internet-Seite auf, auf der man in der Region jemanden für kleine Nebentätigkeiten suchen konnte. Sie registrierte sich und stellte eine Anzeige ein. Die Kosten für die Anzeige waren mit 5,- Euro eher gering und sie hoffte, das sich jemand melden würde.

Am späten Nachmittag machte sie sich ausgehfertig und ging wieder spazieren und ließ den Abend Revue passieren. Thomas hatte sie schon angeschrieben und hoffte, er würde bald antworten.

Als sie wieder zu Hause war machte sie sich eine Kleinigkeit zu Essen. Während sie gerade mit dem Essen beschäftigt war, gab ihr Laptop ein bekanntes „Pling" von sich. Eine Email.

Sie stand auf, ging zum Laptop und sah, da ihr jemand auf ihre Anzeige geantwortet hatte.

„Hallo.
Ich bin Jonas und komme aus der Umgebung, wo sie suchen. Ich bin Abiturient und 18 Jahre alt. Da ich bald studieren möchte, würde ich mich freuen, wenn ich den Job machen könnte, um mir ein kleines Polster anzulegen. Danke für eine kurze Info und wann ich vorbei kommen kann. LG., Jonas"

Manuela grinste. Na das ging ja schneller als erwartet. Sie schrieb diesem Jonas zurück und fragte, wann er den Zeit habe.

Er antwortete: „In der Woche immer Nachmittags."

Sie schrieb eine WhatsApp-Nachricht an Klaus Keller, mit der Bitte, in den kommenden Tagen einen Nachmittag frei zu bekommen, da sie was zu erledigen habe.

Keine 5 Minuten später kam die Antwort, sie könne sich den Tag aussuchen. Es seien alle Anwesend und es sei somit kein Problem.

Manuela entschied sich für den Donnerstag. Sie dachte sich, das es sich dann Rasen-Technisch wieder lohnen würde, wenn jemand kommt, also schrieb sie Jonas an, ob er Donnerstag Nachmittag so gegen drei Uhr könne.

Er antwortete sofort mit einem „Ja, klar." und fragte nach der Anschrift.

Manuela gab ihre Anschrift und ihre Handynummer an, falls er doch mal nicht könnte.

Kurz drauf bekam sie eine WhatsApp-Nachricht „Bis Donnerstag. Jonas."

„Na, flink reagieren tut er ja.", dachte sich Manuela. „Hoffentlich arbeitet er auch so schnell und gründlich."

Am Montag ging sie kurz zu Klaus Keller ins Büro, um ihm zu sagen, das sie ihren Termin auf Donnerstag Nachmittag gelegt habe. Er nickte und trug es in den Kalender ein. Manuela informierte kurz die Kollegen per Mail.

„Was machst du denn Donnerstag, Süße?", wollte Steffi wissen. „Ein Date mit Thomas?"

„Nein, leider nicht. Ein Date mit Jonas, 18 Jahre und Abiturient.", sagte Manuela ohne Hintergedanken.

„Oha. Die Männer werden aber Jünger, was?", lachte Steffi.

„Ach. Was du wieder denkst. Ich habe gestern eine Anzeige aufgegeben, damit mir jemand die Anlagen macht und den Rasen schneidet.", lachte Manuela.

„OK. Aber wäre doch auch egal, oder? Wenn´s Spaß macht und du Lust hast, dann nimm es mit. Volljährig ist er ja."

„Ey… Der könnte mein Sohn sein.", entrüstete sich Manuela.

„Ja, könnte. Isser aber nicht.", grinste Steffi.

Manuela verlor keinen weiteren Gedanken daran.

Die Woche verging wie gewohnt. Thomas hatte geantwortet und ein Treffen am Freitag Abend zum Essen vorgeschlagen.

Manuela hatte mit Freude angenommen.

Es war Donnerstag.
Manuela verließ die Firma, nachdem sie noch mit den Kollegen gegessen hatte.
Steffi hatte ihr noch fies grinsend einen schönen Nachmittag gewünscht und Manuela drauf mit Zunge raus strecken reagiert.

Es war ein warmer Sommertag, wie eigentlich schon die ganze Woche über.

Zu Hause kochte Manuela sich einen Kaffee, guckte im Joy, welche Nachrichten sie bekommen hatte und beantwortet sie. Manchmal schrieb sie was Nettes, bei andern schrieb sie nur Kurz und Knapp: Danke, kein Interesse. Fand sie zwar nicht schön, aber was sie als Frau so an Mails bekam, war schon verrückt.
Sie wollte Thomas mal Fragen, ob er als Mann auch so viele Nachrichten bekam.

Plötzlich klingelte es an der Tür.

Manuela schaute auf die Uhr. Punkt 15 Uhr. Respekt, junger Mann. Respekt.

Sie ging zur Tür und öffnete.
Dort stand ein junger Bursche, nicht hässlich, mit kurzer Bermuda-Short und blauem T-Shirt.

„Hallo, ich bin Jonas. Bin ich hier richtig bei Frau Braun?", fragte er lächelnd.

Seine strahlend weißen Zähne fielen Manuela sofort auf.

„Ja, du bist hier richtig. Hallo, Jonas. Komm doch rein."

Manuela ging voraus ins Wohnzimmer, Jonas folgte.

„Kennst du dich mit Gartenarbeit aus?", fragte Manuela.

„Ja. Mache ich zu Hause und bei meinem Opa auch immer. Von daher kein Problem."

„Sehr schön. Kannst du auch Samstags? Ich habe mir nur heute Nachmittag frei genommen. Samstag Morgens oder Nachmittags wäre mir sehr recht. Gegebenenfalls auch Freitags Nachmittag."

„Das ist mir gleich. Wie es ihnen am besten auskommt, Frau Braun.", lächelte er.

„Gut. Dann Samstags Vormittag. Es würde mir reichen, wenn du heute nur den Rasen schneidest und dann am Samstag die Beete fertig machst. Ist das OK für dich?", fragte sie.

„Ja, klar. Kein Problem."

„Sehr schön. Was bekommst du denn in der Stunde?"

„Ich hatte so an 8,- EURO gedacht?", schaute er sie fragend an.

„Hört sich gut an. Wenn es gut klappt, können wir auch gerne über mehr reden."

„Klasse. Danke, Frau Braun."

„Na komm. Ich zeige dir, wo die Gartengeräte sind."

Sie ging mit Jonas zu einer Gartenschoppe um die Ecke.

„Hier sollte alles sein, was du brauchst. Wenn was fehlt, sage mir Bescheid."

„OK. Mache ich. Ich fange dann jetzt mal mit dem Rasen an?"

„Mach das, Jonas. Danke schön."

„Nichts zu danken, Frau Braun. Ich danke ihnen.", sagte er und lächelte sie wieder an.

„Ein wirklich netter und höflicher Bursche, dieser Jonas.", dachte sie so bei sich.

Sie setzte sich an den Schreibtisch und ging Online. Der Rasenmäher brummte und sie schaute wie Jonas damit über die Rasenfläche schob.

Plötzlich Stille.

Sie schaute aus dem Fenster und sah, wie Jonas den Fangkorb des Mähers entleerte. Als er den Korb wieder eingehangen hatte, ging er zur Terrasse und zog sich das T-Shirt über den Kopf. Für Manuela wirkte das wie in Zeitlupe und es erinnerte sie an diese Cola-Werbung, wo der der muskulöse Bauarbeiter sein

Shirt auszieht, schwitzig und durstig, um sich mit einer Cola zu erfrischen.

Auch Jonas war vom Körperbau her eher Muskulös, schwitzig und unbehaart. In ihr regte sich was, was sie nicht wollte.

„Wenn´s Spaß macht und du Lust hast, dann nimm es mit. Volljährig ist er ja.", klangen Steffis Worte in ihren Ohren.

„Nein, nein, nein.", rief sich Manuela ins Gedächtnis.

Sie wollte sich ablenken und ging ins Bad. Jonas hätte bestimmt noch eine halbe Stunde mit dem Rasen zu tun. Zeit genug, sich unter der Dusche abzukühlen.

Manuela ging also ins Bad, schloss die Tür und machte Musik an, zog sich ihre verschwitzen Sachen aus und ging unter die Dusche. Erst heiß, dann stellte sie auf kälter. Sie genoss die kalten Strahlen bei der Wärme und hoffte, das dieser Anfall von Erregung bald nachlassen würde.

Als sie aus der Dusche stieg, trocknete sie sich ab und suchte ihre Sachen.

„Mist…", dachte sie sich. „In der Aufregung habe ich meine Klamotten nicht mit genommen."

Während sie gerade ihren durchsichtigen Morgenmantel überzog ging die Tür auf und Jonas stand mit groß aufgerissenen Augen vor ihr.

„Entschuldigung… Ich… ich...", stotterte er.

Auch Manuela war für einen Moment geschockt, fasste sich aber als Erste wieder und schloss den Mantel.

„Ja, Jonas?", sagte sie und drehte die Musik leiser.

„Ich… ich habe gerufen, aber keine Antwort bekommen. Entschuldigung, das habe ich nicht gewollt."

Sie sah die große Ausbeulung unter seiner Short.

„Keine Panik, Jonas. Ich bin sicher, du hast schon mal eine nackte Frau gesehen, oder?", lächelte sie.

„Ja.. ja… ja, sicher! Aber noch nie… noch nie in so echt."

„Wie? Noch nie in so echt?"

„Nur in Heften oder mal im Fernsehen, aber noch nie so… so direkt vor mir.", stammelte er immer noch weiter.

„Du hast doch bestimmt eine Freundin, oder?"

„Nein. Ich hatte noch nie eine Freundin.", schüttelte er den Kopf.

„Echt nicht? So ein hübscher Bursche wie du?"

„Nein. Wirklich nicht. Ich glaube, ich komme bei Mädchen nicht so gut an."

„Blödsinn. Du bist doch ein hübscher und gutgebauter junger Mann. Ich bin sicher, das bildest du dir nur ein.", lächelte sie freundlich, merkte aber, wie sich bei ihren Worten wieder alles regte. Ihre Brustwarzen wurden wieder hart und ihre Mumu, dieses blöde Wort viel ihr dazu wieder ein, tat ihren Dienst und wurde feucht.

Auch Jonas blieb der Anblick ihrer Brust nicht verborgen und die Beule in seiner Hose wurde noch größer.

„Wenn´s Spaß macht und du Lust hast, dann nimm es mit. Volljährig ist er ja.", hallte es wieder in ihrem Kopf und sie bezweifelte, das sie stand halten konnte und es wohl jetzt auch nicht mehr konnte, wo sie seine Erregung sah.

„Manchmal kommt es vielleicht eben doch ganz anders als man denkt, aber das solltest du nicht machen.", dachte sie bei sich.

Sie ging auf Jonas zu und lächelte ihn an.

„Und jetzt habe ich dich geschockt? Sorry. Ich habe dich nicht rufen hören. Vermutlich war die Musik so laut. Ich hoffe, du hast kein Problem damit, mich so gesehen zu haben?"

„Nein, nein. Es war... es war..."

„Geil? Meinst du das?", fragte sie lächelnd.

„Ja. Entschuldigung."

„Du brauchst dich nicht zu entschuldigen. Es ist halt passiert. Zudem freue ich mich, das dir der Anblick gefallen hat. Schlimmer wäre gewesen, du wärst schreiend davon gelaufen.", lachte sie.

Auch Jonas musste lachen.

„Ich fand es schon sehr interessant, was es das bei dir bewirkt hat.", sagte sie und schaute an ihm herunter zu der immer noch anwesenden Ausbeulung.

„Das ist mir jetzt aber peinlich.", sagte er und wurde rot.

„Das muss es nicht.", sagte Manuela und lächelte selbst etwas verlegen.

„Ja.", sagte er. „Und sie sind wirklich wunderschön!"

„Er könnte mein Sohn sein!", klangen ihr ihre eigenen Worte gegenüber Steffi im Ohr und sie merkte, wie sehr sie sich beherrschen musste. Sie wollte mehr, wusste aber, das sie es nicht sollte. Volljährig hin, Volljährig her.

„Ja? Danke schön.", grinste sie. „Aber deine Reaktion ist völlig normal bei einem erwachsenen Mann. Es gibt nichts, was dir peinlich sein müsste, Jonas."

Manuela dachte bei sich, das sie es in der heutigen Zeit nicht für möglich gehalten hätte, das ein 18-jähriger noch weniger Erfahrung hätte als sie. Angeblich sind doch alle so Frühreif. Hier war davon definitiv nichts zu merken. Dieser Junge war ja so unbeholfen einer Frau gegenüber.

„Ich denke, ich sollte mir jetzt was anderes überziehen, damit ich dich nicht noch mehr in Verlegenheit bringe.", sagte sie ihn leise.

„Oh… Das… das ist Schade. Es sah sehr schön aus. Sie sahen sehr schön aus.", flüsterte er leise. „Ich hätte sie sehr gerne berührt."

„Jonas. Denke mal wie alt du bist und wie alt ich.", entgegnete sie ihm. „Was würde deine Mutter sagen."

„Die würde es ja nicht erfahren."

Gott, er machte es ihr wirklich schwer, standhaft zu bleiben.

„Das sagst du so."

„Nein wirklich. Ich würde so gerne mal..."

„Was würdest du gerne mal?", fragte sie verzückt und konnte sich die Art der Antwort denken.

Jonas wurde rot. Sie dachte sich, das er bestimmt all seinen Mut zusammengenommen hatte, nur um diesen Satz zu sagen, den er nicht vollendet hatte, der aber kaum eine Frage zuließ, weil sie die Antwort ja kannte.

Er schaute verlegen zu Boden und darum wiederholte sie die Frage auch nicht und ließ die Antwort offen.

„Lässt du mich vorbei, bitte?", fragte sie ihn freundlich, als sie an ihm vorbei ins Schlafzimmer wollte.

„Oh ja. Natürlich, Entschuldigung.", und drückte sich dabei gegen die Duschwand.

Sie drängte sich an ihm vorbei und berührte dabei „zufällig" mit dem Handrücken seine Beule in der Short und ihre Brüste waren genau vor ihm.

„Du Sau.", sagte sie Gedanklich zu sich selbst. „Du nutzt die Situation aus und machst ihn scharf."

Sie merkte Jonas schweren Atem auf ihren Brüsten als sie vorbei schlich, war dann aber durch die Tür und verschwand im Schlafzimmer.

Als sie die Tür geschlossen hatte, drückte sie sich gegen die Tür und holte tief Luft.

Ihre Hand glitt nach unten zwischen ihre Schenkel und sie merkte die Erregung in ihrer Scheide. Sie war feucht. Feucht? Nein, sie war Nass, total Nass. Instinktiv schob sie sich zwei Finger in ihre Lustgrotte und machte es sich selbst. Sie biss sich auf die Unterlippe um nicht laut aufzuschreien, als es ihr kam. Ihre Gedanken kreisten um den jungen Mann auf der anderen Seite dieser Tür. Steffi hätte es ausgenutzt, da war sie sich sicher. Auch im Club kannte sie keine Altersgrenze, wie sie festgestellt hatte. Sie dachte auch an den jungen Mann im Club, der sie mit den Fingern zum Orgasmus getrieben hatte. Er mochte vielleicht auch Anfang bis Mitte zwanzig gewesen sein.

Und jetzt? Jetzt hätte sie sich mit einem 18-jährigen vergnügen können!

„Gott, Manuela.", sagte sie zu sich selbst. „Du bist erst ein paar Wochen hier. Was ist inzwischen aus dir für ein geiles Luder geworden!"

Sie trocknete sich mit einem alten Handtuch aus dem Wäschekorb ihre Scham trocken und zog sich selbst eine Short und ein weißes T-Shirt an.

„Wenn ich schon nicht mit ihm schlafe, dann will ich wenigstens mit unserer Geilheit spielen.", dachte sie bei sich. „Kopfkino ist nicht verboten."

Selbstsicher ging sie ins Wohnzimmer, konnte Jonas aber nirgendwo sehen. Nicht im Bad oder in der

Küche, wo sie vorbei kam und auch nicht im Wohnzimmer selbst.

Sie schaute durch die Terrassentür.

Der Rasenmäher stand noch da, auch das T-Shirt von Jonas lag noch da. Sie ging leise um die Ecke zur Schoppe. Die Tür stand einen Spalt auf und sie lugte hinein.

Da sah sie Jonas. Rückwärts an die Holzwand gelehnt, die Augen geschlossen, die Hose runter gelassen bis an die Knöchel und sah, wie er seinen harten Penis wichste.

Er stöhnt leise und sie wusste genau, an wen er jetzt gerade dachte.

Sie schaute Jonas zu und ihre Hand verschwand wieder in ihrer Hose. Ihre Nippel reagierten sofort auf das Bild, das sich ihr bot.

„Was für ein schöner Schwanz.", dachte sie. „Komisch.", lächelte sie. „Noch vor einigen Tagen hättest du Penis oder Glied gedacht und jetzt denkst du an eine Schwanz." Sie hatte sich wirklich verändert und – es gefiel ihr auch noch!!!

Sie massierte ihre Klit und schaute Jonas gebannt zu. Ob er merkte, das sie zusah. Es war ihr egal. Wie gerne hätte sie diesen jungen Körper gespürt, geküsst und gestreichelt, seine junge Männlichkeit tief in sich gespürt.

Jonas stöhnte laut auf und ein heftiger Schwall Sperma schoss aus ihm heraus.

Manuela zog ihre Hand aus der Hose und zog sich leise ins Wohnzimmer zurück.

Nach wenigen Augenblicken erschien Jonas mit feuerrotem Kopf im Wohnzimmer.

„Möchtest du eine Cola?", fragte Manuela ganz unverfänglich, aber immer noch mit harten Brustwarzen, die durch das T-Shirt drückten und diesen Burschen bestimmt in den Wahnsinn treiben würden.

„Ja, gerne.", lächelte er verlegen, als ob er sich ertappt fühlen würde.

„Warum hast du mich denn gesucht vorhin?", fragte sie.

„Der Komposter ist voll und ich wollte nur wissen, wo ich den anderen Rasenschnitt hinbringen kann."

„Nimm einfach die Biotonne", rief sie aus der Küche und kam dann auch schon mit einem Glas eiskalter Cola zurück.

Sie reichte ihm das Glas und seine Hände mussten zwangsläufig über ihre streichen.

Sofort regte es sich wieder in seiner Hose, auch weil er den Anblick ihrer Brüste und Warzen sah, sie sehen musste. Ob er ahnte, das sie keinen BH trug.

„Du bist wirklich eine richtige Sau.", dachte sie und lächelte.

„Danke.", sagte Jonas. „Es ist doch alles in Ordnung, Frau Braun?", fragte er. „ Ich kann doch Samstag noch kommen oder bin ich entlassen?"

„Warum sollte ich dich entlassen?", fragte sie erstaunt.

„Ja wegen vorhin.", antwortete er leise. „Und wegen meiner dummen Fragen und so."

„Welche dummen Fragen und welches „und so"?."

„Sie wissen schon, Frau Braun."

„Manuela. Ich heiße Manuela, Jonas. Und nein, weiß ich nicht. Sag mir was du meinst."

Sie wusste genau, was er meinte, wollte ihn aber locken.

„Oh, Manuela, ja.", lächelte er verlegen. „Na, das ich sie gerne..."

Wieder sprach er nicht weiter.

Sie legte einen Arm um seine Schultern und ihr Busen presste sich so an seinen Oberkörper.

Da war sie wieder, die Beule in seiner Hose, größer als zuvor, schien es ihr. Auch ihre Nippel waren sofort da.

Jede Wette! Steffi hätte ihre helle Freude an diesem Spiel.

„Na, sag schon, Jonas. Es gibt nichts zwischen uns, was dir peinlich sein muss. Ich bin eine erwachsene Frau und kann mit klaren Worten umgehen."

„Ich… ich sollte das aber nicht zu ihnen, ääääähhh, zu dir sagen."

„Jetzt sag´s. Ich will es wissen.", sagte sie energisch.

Sie wollte das er es ausspricht. Das er sagt, ich will dich ficken, poppen, vögeln oder was auch immer die jungen Leute heute dafür für ein Wort nehmen.

„Ich hätte so gerne mit dir Sex gehabt. Deine Brüste und deinen Bauch gestreichelt und vielleicht hätte ich dich auch küssen dürfen."

Sie lächelte ihn an und gab ihm einen sanften Kuss auf die Lippen.

„Danke, Jonas, das du jetzt so ehrlich und so mutig warst, es mir zu sagen. Das bedeutet mir viel, das du mir da vertraust. Vielleicht würde ich das ja auch gerne mal, aber nicht jetzt, nicht heute. Ich möchte, das du jetzt nach Hause gehst, dich beruhigst und über heute nachdenkst. Wir sehen uns dann Samstag morgens? So gegen Neun vielleicht?", lächelte sie.

„Ja. Samstag morgen um Neun ist super. Danke Frau... Manuela.", lächelte er zurück.

Sie gab ihm erneut eine Kuss auf den Mund.

„Dann geh jetzt. Ich räume den Rasenmäher gleich weg, mein Rasenmäher-Boy.", und lachte ihn dabei an.

Kapitel 11

Thomas und das Dinner

Am nächsten Morgen kam Manuela ins Büro.
Steffi war natürlich wieder schon da.

„Guten Morgen.", rief Manuela in den Raum.

„Guten Morgen.", kam es aus allen Ecken zurück.

„Und? Wie war´s? Guten Morgen.", fing Steffi sofort
an neugierig zu fragen.

Manuels stellte ihre Tasche unter den Schreibtisch
und grinste Steffi an. Dann ging sie sich einen Kaffee
von der Büromaschine holen.

„Und? Sag schon?", bohrte Steffi.

Manuela lächelte nur.

Steffi rollte mit ihrem Bürostuhl um die beiden
Schreibtische herum.

„Na los. Nun sag schon. Hast du ihn vernascht? Ist er Süß? Hat er's drauf? Los. Rede schon.", grinste sie.

„Es hätte dir gefallen, Süße.", lachte Manuela.

„Hast du in vernascht, du kleines Miststück?"

„Nein."

„Wie? Nein. Sah er Scheiße aus oder was?"

„Nein. Ganz im Gegenteil. Er ist gut gebaut und sehr gut bestückt, hat strahlend weiße Zähne und ist unheimlich höflich."

„Du hast nicht mit ihm gebumst, aber weißt trotzdem, wie sein Ding aussieht? Hast du ihm einen geblasen oder was? Rede schon. Du treibst mich gerade in den Wahnsinn mit deinem Gegrinse."

Manuela erzählte ihr was alles so passiert war und sie sich sicher war, das Steffi ihn vernascht hätte.

„Mann, Mann, Mann. Und ob ich das Schnuckelchen vernascht hätte. Wie kann man nur so Doof sein. Sorry."

„Och. Er kommt ja Samstag morgen wieder."

„Echt jetzt?", grinste sie. „Lädst du mich zum Frühstück ein?"

„Damit du dummes Zeug mit dem schüchternen Bürschen machen kannst? Nee, Süße. Wenn ihn eine vernascht, dann erst ich.", lachte sie.

Der Freitag verlief normal, außer dass Steffi immer mit einem kleinen Augenzwinkern stichelte und Manuela aufzog. Sie beiden Freundinnen hatten aber viel dabei zu lachen und nahmen sich freche Kommentare nicht krumm.

Endlich war es 13 Uhr und Feierabend.

„Sehen wir uns den Samstag Abend?", wollte Steffi wissen. „Dann erzählst du mir, wie es mit Thomas war und mit Schnuckelchen."

„Klar, können wir uns sehen.", lachte Manuela. „Und dann mache ich dich neidisch."

„Paahhh… Das schaffst du nicht. Sonst hole ich ein paar Geschichten raus, die DICH neidisch machen."

„OK, OK. Da gewinnst du.", lachte Manuela. „Was ist aber, wenn Thomas mich Samstag auch sehen möchte, weil es gut gelaufen ist?"

„Na, dann sind wir zu dritt.", grinste Steffi sie fies an. „Entweder, wir würden den Abend bei dir verbringen oder zusammen im Club. Oder aber, du möchtest mit ihm alleine sein, dann ist das auch OK für mich. Warten wir's ab."

„Zu dritt! Aha… Möchte jetzt dein Kopfkino sehen.",
lächelte Manuela.

Steffi lachte, gab ihr einen kurzen Schmatzer und sagte:

„Wir telefonieren, Süße."

Als Manuela zu Hause war, machte sie sich was zu essen und einen Kaffee. Danach legte sie sich etwas auf
die Couch und döste ein wenig.

Dabei dachte sie an Jonas. Wie würde der Samstag
morgen wohl verlaufen? Würde er wirklich wieder
kommen oder war ihm die Sache doch zu unangenehm gewesen?

Nach etwa einer Stunde stand sie auf und machte
sich für den Abend fertig. Da es immer noch so warm
war, was es laut Wetterbericht auch noch eine Weile
bleiben würde, entschied sie sich für ein geblümtes
Kleid mit kurzem Rock. Dazu hochhackige Schuhe, in
denen ihre Beine länger wirkten.

Um 18 Uhr war sie fertig, setzte sich auf die Terrasse
und wartet auf Thomas, der sie gegen 19 Uhr abholen
wollte.

Jetzt war sie in Gedanken bei ihm und dem tollen Abend im Viva Palace.

Bei den Gedanken an den Abend wurde sie wieder erregt und freute sich auf das nächste Mal mit ihm.

„Jetzt aber mal erst gucken, wie der Abend läuft.", sagte sie zu sich selbst und schaute auf die Uhr.

Kurz vor 19 Uhr klingelte es an der Tür.
Es war wie zu erwarten Thomas, der sie anlächelte, als sie öffnete.

„Hi, New_Princess"., lachte er. „Bist du schon fertig?"

„Natürlich, der Herr. Schon seit einer Stunde.", nickte sie ihm zu.

„Prima. Dann lass uns fahren. Der Tisch ist für halb Acht reserviert."

Thomas führte sie zu seinem Auto und öffnete ihr die Tür und schloss sie, als sie eingestiegen war.

„Alles gut bei dir?", fragte er, als auch er im Auto saß.

„Ja. Ich freue mich auf den Abend mit dir.", lächelte sie ihn an.

„Ich freue mich auch. Ich hatte erst Sorge, das du mich nicht anschreiben würdest, weil du ja noch nicht im JOY registriert warst."

„Dann hätte ich mich an Steffi gewandt, das sie dir schreibt."

„Steffi hätte zur Not auch meine Telefonnummer gehabt. Wir haben alle unsere Handy-Nummern in der Clique ausgetauscht. Deine habe ich noch nicht.", sagte er mit einem todtraurigen Gesicht.

„Ohhhh… Du Ärmster.", lachte sie. „Wenn du lieb bist, gebe ich sie dir nachher."

„Ja das will ich auch mal schwer hoffen.", grinste er sie an. „Ich muss mich ja zum Spielen und so mit dir verabreden können.

Beide lachten und unterhielten sich während der Fahrt zum Restaurant über den Club und er erzählte ihr von den Anderen und wie er sie kennen gelernt hatte.

Am Restaurant angekommen, fuhr er den Wagen auf den Parkplatz hinter dem Haus. Er stieg aus dem Wagen und öffnete Manuela Gentlemanlike die Tür und reichte ihr die Hand, um ihr aus dem Auto zu helfen.

„Du siehst toll aus.", sprach er. „Echt Wahnsinn."

„Danke. Du siehst aber auch echt schick aus."

Thomas hatte sich eine dunkelblauen Anzug mit weißem Hemd und eine passenden unifarbenen Krawatte rausgesucht und scheinbar die passend Wahl getroffen.

Im Restaurant kam ein Ober auf sie zu und wies ihnen einen schönen Tisch in einer ruhigen Ecke zu. Er brachte zügig die Karte und nahm die Getränkebestellung an.

Während sie auf das Essen warteten sprachen sie über Manuelas Vergangenheit und ihren neuen Job.

„Und du, Thomas? Was machst du beruflich?", fragte Manuela.

„Ich bin Inhaber einer Sicherheitsfirma. Nichts Weltbewegendes. Wir übernehmen Überwachungen von Gebäuden, großen Events, Transporte von Wertsachen wie Geld und Schmuck, verkaufen und installieren aber auch Alarmsysteme und ähnliches. Allerdings können wir auch Leibwächter zur Verfügung stellen, kommt aber eher selten vor."

„Uuuiii, ein Kevin Costner.", lachte sie.

„Bist du den Whitney Houston?", grinste er zurück.

„Glaube mir, du willst mich nicht singen hören.", lachte sie. „Aber wie kommt man zu so einem Job?", wollte sie wissen.

„Das hat mit meiner Vergangenheit zu tun.", sagte er. „In meinen jungen Jahren war ich als Personenschützer bei der Bundespolizei. Nach einem, ich nenne es mal Unfall, habe ich den Dienst quittiert. Naja, aber irgendwie musste ich ja mein Geld verdienen und habe die Firma gegründet."

„Was ist passiert?", hakte sie nach.

„Ich rede nicht gerne darüber, aber gut, du sollst es wissen. Wäre mir aber lieb, wenn du es für dich behältst."

Sie nickte zustimmend.

„Vor zwölf Jahren habe ich im Dienst jemanden erschossen. Es regnete heftig und war Dunkel. Kaum was zu erkennen. Er stand mit einer Pistole vor meinem Schutzperson, einem bekannten Politiker, der seit einiger Zeit bedroht wurde. Ich stellte mich vor meine Schutzperson und zog die Waffe. Trotz Aufforderung ließ die andere Person die Waffe nicht fallen und rannte plötzlich auf uns zu. Da schoss ich. Die angreifende Person war schwer verletzt. Bauchschuss. Ein Kollege brachte die Schutzperson ins Haus und ich ging zu dem vermeintlichen Attentäter. Es war eine junge Frau mit einer Kamera und einem Autogramm-block. Dazu diese verdammten Kopfhörer. Deshalb ist sie wohl auch nicht stehen geblieben. Sie wollte nur ein Foto und ein blödes Autogramm, mitten im Regen und im Dunkeln. Ich kam die ersten Jahre nicht so richtig darüber hinweg. Heute geht's, aber was Personenschutz angeht, überlasse ich das meinen Angestellten."

„Mein Gott, wie furchtbar.", schüttelte Manuela den Kopf. Ich dachte erst, du warst vielleicht im Knast oder Hooligan oder so was."

„Wie kommst du darauf?", lachte er.

„Naja, Steffi sagte, das dein Nickname „The_Wild_One" wohl wegen deiner Vergangenheit wäre."

Thomas musste laut lachen, das die anderen Gäste schon guckten.

„Nein, nein.", räusperte er sich. „Das ist ein Country-Song von Waylon Jennings, The Wild Ones. Ich finde den Song cool und dachte, das es sich gut als Nick machen würde.", grinste er.

Sie lachte.

„Oh. Entschuldige, dass ich dir so was völlig anderes in die Schuhe schieben wollte.", sagte Manuela und zog spielerisch den Hut.

„Schon gut.", lachte er. „Es gibt nicht viele Menschen, die meine Vergangenheit kennen."

Thomas erzählte Manuela, das wegen der Tötung und seiner depressiven Zeit danach, auch seine Ehe in die Brüche gegangen war. Er erzählte von seinen beiden 14 und 15 Jahre alten Söhne, die mit der Mutter in München lebten, mit denen er aber einmal die Woche skypen würde und die er drei Mal im Jahr bei sich hätte, wenn Ferien wären.

Zwischenzeitlich war auch das Essen gekommen.

Sie unterhielten sich den ganzen Abend über alles mögliche und lachten viel dabei. Auch über Sex und BDSM sprachen sie. Auch das Manuela bis vor 3 Wochen so schüchtern und unwissend gewesen war und das erst Steffi und dann er sie in eine neue, interessante Welt geführt hätten.

„Und suchst du denn schon wieder eine neue Beziehung oder willst du erst mal deine neugewonnene Single-Freiheit geniessen?", fragte Thomas.

„Beziehung? Keine Ahnung. Habe ich nicht drüber nachgedacht.", antwortete sie. „Ich glaube, ich möchte erst mal das Leben, das neue Leben, genießen. Wenn ich aber einen guten Freund, mit dem auch gerne dann mehr sein kann, dem ich aber keine Rechenschaft ablegen muss, dabei wäre, wäre ich wohl Glücklich.", lächelte sie ihn an.

„Also eine Freundschaft plus, meinst du?"

„Mehr als nur EIN Plus, Thomas. Ich rede von einem Mann, der mehr als ein guter Freund und Sexpartner ist. Ein echter Vertrauter, einer, der mal irgendwann DER richtige Partner wird."

„Aha. Also ein Plus-Plus-Freund.", grinste er.

„Ja.", lachte sie. „So in etwa. Ich möchte erst die Scheidung hinter mir haben. Mir noch eine schöne Zeit alleine, oder auch mit dir oder Steffi machen."

„Das ich mit Steffi schon ein paar Mal geschlafen habe, weißt du hoffentlich!?", sagte er und guckte verschämt auf die Tischplatte.

„Sicher. Sie hat mir das erzählt, als ich ihr sagte, das wir ein Date haben. Ich solle mir keinen Kopf machen. Es wäre einfach nur Sex gewesen und nie was ernsteres."

„Stimmt auch.", nickte er. „Ich wollte auch nur, das du es weißt. Nicht, dass du es erfährst und denkst, ich sei nicht ehrlich zu dir gewesen."

„Alles gut, Thomas. Ich habe ja auch mit Steffi geschlafen bzw. tue es ja noch.", grinste sie.

Er lachte und nickte.

„Und das gönne ich dir. Sie ist eine wirklich gute Freundin. Total durchgeknallt, aber eine echte Freundin.", meinte er.

„Ich mag sie sehr. Sie ist so anders als ich. Sie ist so… naja… offen, was Sex angeht und hat mir soviel erzählt, was es so gibt und wie das alles so heißt."

„Was wusstest du denn nicht?", schaute er nachdenklich.

„Zum Beispiel als wir Sex hatten und du mich von hinten genommen hast. Ich wusste nicht das man das Squirten nennt. Ich hatte sie gefragt, weil es mit peinlich war. Sie hat es mir erklärt oder besser gesagt, mich aufgeklärt. Über viele Dinge. Ich fühle mich jetzt freier und besser und bin nicht mehr zu… Verklemmt ist wohl das richtige Wort dafür.
Es ist mein neues Leben."

„Aber du hast wohl nicht nur ein neues Leben. Bei dir sind er eher so ein, zwei neue Leben. Vielleicht auch drei oder vier.", sagte er grinsend. „Neuer Wohnort, neuer Job, neue Freunde, Club-Leben, Sex mit Frauen, BDSM mit mir."

„Ja, stimmt. So ein, zwei neue Leben! Oder mehr.", sagte sie und lächelte verschämt nach unten.

Sie bestellten noch Getränke und blieben noch eine Stunde im Lokal, bis der Ober ihnen dezent zu verstehen gab, das sie gleich schließen wollten.

Thomas und Manuela schauten sich um. Sie, der Ober und eine Frau hinter der Theke waren noch im Lokal.

Thomas zahlte die Rechnung und die beiden gingen nach draußen. Es war immer noch sehr warm und hatte sich kaum abgekühlt.

Sie gingen um die Ecke, den Weg zum Parkplatz entlang, als Thomas plötzlich stehen blieb.

„Was ist? Was vergessen?", fragte Manuela.

„Nein. Doch.", sagte Thomas. „Habe ich dir gesagt, was für eine tolle und geile Frau du bist und das ich sehr gerne dieser Plus-Plus-Freund sein würde?"

„Nein, hast du nicht.", lächelte sie. „Aber ich hatte gehofft, das du diesen Job übernehmen würdest."

Sie ging auf ihn zu, legte ihre Arme um ihn und küsste ihn leidenschaftlich und voller Lust.

Er erwiderte ihre Küsse und drückte sie gegen die Hauswand. Seine rechte Hand wanderte über ihren Po, dann die Hüfte hoch bis zur Brust. Er küsste ihren Hals und zog ihr mit der Hand den Träger ihres Kleides herunter, bis ihr Busen frei lag. Er saugte an ihren Warzen, die sich wieder steil aufrichteten.

„Nimm mich. Fick mich. Hier und jetzt."

Seine Hand wanderte unter den Rock und packte ihr an die feucht gewordene Scham. Dann zog er gekonnt ihren Slip herunter, sie half etwas nach, so das der Slip zu Boden fiel. Sie befreite ihre Knöchel mit ein paar Bewegungen von dem störenden Stoff. Sie spreizte ihre Schenkel und seine Finger verschwanden tief in ihre Scheide.

Sie stöhnte laut auf. Die Küsse wurden intensiver und heftiger. Die Geilheit stieg in beiden auf. Sie griff nach seinem Gürtel, öffnete erst ihn, dann den Reißverschluss.

Sie schwang auf und legte ihre Schenkel um ihn. Tief drang er in sie ein.

Angst, das einer sie entdecken könnte, gab es nicht. Sie waren nicht in dieser Welt in diesen Augenblicken.

Er stieß mit heftigen Stößen in sie hinein, sie stöhnte vor lauter Lust und Gier. Kurz bevor er kam, lies er von ihr ab, packte ihren Kopf und sagte:

„Blas, mein Schatz. Blas!"

„Ja, mein Herr", antwortete sie lächelnd.

Sie ging auf die Hocke, streifte das Oberteil des Kleides bis auf die Hüften herunter, nahm seinen Penis in die rechte und seine Hoden in die linke Hand und saugte voller Lust und Geilheit.

Nicht lange und ein aufstöhnen aus seinem Mund. Seine Lenden zuckten heftig und seine Beine zitterten vor Erregung. Mit einem riesigen Schwall ergoss er sich über ihr Gesicht, in ihren Mund und auf ihre Brüste. Ja, das war es, was sie gewollt hatte. Sein Sperma schmeckte gut. Auch das hatte sie noch nie gemacht. Aber das war in einem anderen Leben.

Sie kam wieder hoch und Thomas drehte sie um, zog ihre Becken zurück, während sie sich an der Hauswand abstütze. Wieder drangen zwei Finger in sie ein und forderten sie auf, sich der Lust und Erregung zu ergeben. Der Daumen wanderte zu ihrem Anus und dran schnell in ihn ein. Laut stöhnte sie auf. Sie wand sich heftig unter seinen flinken Fingern und es dauerte nicht lange, bis aus ihr wieder ein Schwall der Geilheit hervorschoss. Er lehnte sich an sie und küsste ihren Nacken, ihre Schultern und ihren Hals.

Einen Moment blieben sie ganz ruhig und Bewegungslos aneinander geschmiegt stehen.

Dann reichte er Ihr ein Taschentuch.

„Du hast dich bekleckert, du Sau.", sagte er lachend.

„Ey… Für die Schweinereien bist ja wohl du zuständig.", lachte sie zurück.

Sie putzte sich das Gesicht ab und gab ihm einen Kuss.

„Und jetzt bring mich bitte nach Hause. Morgen früh kommt mein Rasenmäher-Boy und da muss ich wach sein."

Kapitel 12

Unverhofft kommt oft

Thomas brachte Manuela bis vor die Tür und stellte den Motor aus.

„Es war ein wunderbarer Abend. Ich danke dir dafür.", sagte Thomas und schaute ihr in die Augen.

„Nein, Thomas. Ich muss mich bei dir bedanken.", erwiderte sie. „Für die Einladung, deine Ehrlichkeit, für deine Freundschaft und für… Na, du weißt schon.", zwinkerte sie.

„Warum sagst du´s nicht? …und für den Sex.", lachte er. „Schön, dann hat es uns beiden doch gut gefallen."

„Stimmt.", sagte sie und näherte sich seinem Mund mit ihrem, gab ihm einen langen und innigen Kuss. „Jetzt muss ich aber ins Bett."

„Wann sehen wir uns wieder?", fragte er.

„Mmmmhhhh… Was machst du Sonntag Nachmittag?"

„Noch habe ich nichts geplant."

„OK. Dann komm doch um 15 Uhr zum Kaffee vorbei und wir gucken, wo es uns hintreibt!?"

„OK. Gerne.", strahlte er sie an. „Sonntag, 15 Uhr."

Sie gab ihm noch einen Kuss und stieg aus.

„Dann bis Sonntag. Ich freue mich drauf.", meinte sie noch und schloss die Tür des Auto und ging zu ihrer Wohnung.

Sie zog sich schnell um, eine Jogginghose und ein T-Shirt für die Gemütlichkeit. In der Küche goss sie sich ein Glas Wein ein und ging auf die Terrasse. Es war trotz der immer noch vorhandenen Wärme recht angenehm hier zu sitzen.

Sie schaute auf den Rasen und dachte an Jonas.

Morgen früh würde er hoffentlich kommen und die Anlagen machen. Sie überlegte, ob und wie sie ihn wohl ein bisschen aus der Fassung bringen könnte.

Sie hatte eine Idee, lächelte, trank ihren Wein aus und ging ins Bett.

Am nächsten Morgen wachte sie gegen 7 Uhr gut erholt und ausgeschlafen auf, kochte sich einen Kaffee und schaute im JOY, ob sie Nachrichten bekommen hatte. Sie bearbeitet noch ein paar Mails und stöberte durch die Foren und Veranstaltungen.

Dann fiel ihr ein Event am Sonntag Abend, 18 Uhr, ins Auge. Ein Event für BDSM-Anfänger im Sodom X. Ihr viel ein, das Steffi davon gesprochen hatte.

Sie stellte die Veranstaltung auf „merken" und überlegt, ob sie da nicht mir Thomas hingehen könnte. Sie wollte ja gerne noch mal mit Thomas zusammen spielen.

Die Zeit schien zu rennen. Viertel vor Neun.

Jonas würde gleich vor der Tür stehen. Sie nahm eine sehr kurze Dusche und zog sich das Kleid vom Abend vorher wieder an. Den Slip ließ sie weg.

Es klingelte und sie lächelte. Jonas!

Sie öffnete die Tür.

„Guten Morgen, Frau… ähh… Manuela.", grinste er sie an.

„Guten Morgen Jonas.", lächelte sie zurück. „Ich war mir nicht sicher, ob du wirklich wieder kommen würdest."

„Doch sicher.", schaute er erstaunt. „Warum sollte ich nicht?"

„Och, nur so.", grinste Manuela. „Komm herein. Möchtest du was trinken, bevor du loslegst?"

„Nein danke. Ich fange lieber gleich mit dem Rasen an.", sagte er und ging hinaus in den Garten.

Manuela hörte, wie er den Rasenmäher aus der Schoppe holte, ihn anwarf und sah, wie er mit dem Mähen anfing.

Sie ging in den Abstellraum, holte eine Leiter und brachte sie ins Schlafzimmer, stellte sie vor den Schrank. Dort holte sie einen großen Koffer herunter, der voll mit Winterkleidung war, und stellte ihn neben die Leiter.

Dann ging sie wieder ins Wohnzimmer und schaute, wie Jonas Bahn um Bahn auf dem Rasen zog.

Als er den Rasenmäher ausstellte, um den Fangkorb zu leeren, rief sie ihn.

Jonas schaute auf, stellte den Korb ab und kam an die Terrassentür.

„Kannst du mir bitte helfen, Jonas?", ich habe eine großen Koffer, den ich im Schlafzimmer auf dem Schrank haben möchte. Würdest du ihn mir bitte anreichen, wenn ich auf der Leiter bin und sie etwas festhalten?"

„Sicher, Manuela.", sagte er freundlich.

„Dann komm bitte mit. Es gibt Dinge, die ich lieber nicht alleine mache.", lächelte sie.

Manuela ging vor und Jonas folgte ihr.

Sie stieg auf die Leiter bis zur vorletzten Sprosse und drehte sich etwas zu ihm.

„Gibst du mir den Koffer bitte an und stellst dich dann hinter mich und hältst die Leiter dann bitte fest?"

„Ja, klar. Gerne.", lächelte er.
„So schwer ist der aber nicht.", stellte er fest.

„Ich weiß, aber ich bin so unsicher, bei so großen Dingern.", grinste sie.

Sie nahm den Koffer an und Jonas stellte sich hinter sie, um die Leiter zu halten. Manuela streckte sich, um den Koffer auf den Schrank zu heben.
Jonas schaute natürlich wie gewünscht nach oben, als der Rock vom Kleid sich hob.

Er sah ihre entblößte Lustspalte und sofort regte es sich in seiner Short.

„Oooohhhh…", schoss es aus seinem Mund. „Manuela, du hast…. Du bist..."

„Was denn Jonas.", grinste sie und stieg herunter.

Dabei stellte sie sich etwas „dumm" an und stolperte.

Sie landete direkt vor Jonas, so das ihm gar nichts anderes übrig blieb, als sie aufzufangen. Seine Hände packten einmal ihren Arm, der andere landete auf ihrer Brust. Sie packte dabei zwischen seine Beine.

Sie spürte seinen harten, erigierten Penis durch die Hose.

„Hoppla.", sagte sie. „Fast wäre ich gefallen."

„Manuela, du hast… ich habe…", stotterte er.

„Ja, was hast du Jonas?", fragte sie unschuldig.

„Ich habe… du hast kein Höschen an.", wurde er Rot.

„Ja, ich weiß.", sagte sie lächelnd. „Findest du das schlimm?"

„Nein, aber ich… Mein Gott…", haspelte er weiter.

„Hast du sie gesehen? Meine Mumu, meine ich?"

„Ja, ich.. habe ich, ja."

„Ohhh… Ich hoffe, sie hat dir wenigstens gefallen?"

„Jaaaa.", nickte er wild mit dem Kopf. „Sie war wunderschön und ich konnte sie auch riechen."

„Ich hoffe, sie hat gut gerochen?", lächelte sie.

„Oh ja, das hat sie, Manuela. Gerne würde ich…", sagte er und schaute wieder verlegen auf den Boden.

„Ja, Jonas. Was würdest du gerne?", grinste sie und

hob sein Kinn mit zwei Fingern an.

„Ich… ich würde sie gerne noch mal sehen und noch mal riechen.", lächelte er mit hochrotem Kopf.

„Mmmmhhhh… Und dann?", fragte sie.

„Ich weiß nicht.", erwiderte er leise. „Darf ich bitte."

Sie schaute ihn an, dann an ihm herunter.

„Was habe ich denn davon?", fragte sie schälmisch.

„Ich weiß nicht.", sagte er leise.

Sie grinste und legte sich mit dem Rücken auf das Bett. Er schaute sie an.

„Denn Rest musst du schon erledigen.", sagte sie zu ihm.

„Was muss ich denn machen?", fragte er.

„Na, wenn du sie sehen willst, musst du schon den Rock hochschieben, oder?"

Sie konnte fast sehen, wie er tief durchatmete und allen Mut zusammen nahm.

„Na, komm schon. Sonst überlege ich es mir noch anders und stehe wieder auf.", sagte sie etwas energischer.

Er ging auf Manuela zu und schaute in ihr Gesicht. Dann blickte er herunter an ihr zum Rock. Er packte ihn unten an der Naht und zog ihn langsam höher.

Sie lächelte ihm ermutigend zu.

Jetzt lächelte auch er und hob den Rock weiter. Manuela hob den Po etwas an, was er bemerkte und hob den Rock weiter und schneller. Dann sah er ihre Pracht und schob den Rock bis über die Hüften.

Sein Atem wurde schwer und Manuela sah, wie die Beule in seiner Hose größer und größer wurde.

„Sie scheint dir zu gefallen.", lächelte sie. „Zumindest sehe ich das so."

Er merkte, das ihr Blick auf seine Beule fiel.

„Ja, sogar sehr. Darf ich sie riechen?", fragte er verlegen.

„Natürlich. Darum liege ich ja hier.", grinste sie.

Sie spreizte ihre Schenkel und lud ihn förmlich ein, näher zu kommen.

Er kniete sich vor sie und kam mit dem Kopf näher.

„Und was hast du jetzt vor?," fragte sie ihn.

„Ich weiß nicht. Was darf ich denn oder was soll ich?"

„Vielleicht möchtest du sie anfassen oder probieren?"

„Ja. Das würde ich gerne."

„Was denn?"

„Am liebsten beides.", sagte er und wurde wieder Rot.

„Dann mach das doch.", forderte sie ihn auf.

Langsam fuhr seine Hand an ihren Schenkeln hoch. Ihre Warzen wurden hart und richteten sich steil auf. Sie griff mit ihren Händen nach ihren Brüsten und knetete sie.

Jonas sah das und wurde noch erregter. Seine Hand wanderte weiter zu ihrer Vulva und streichelte sie.

„Ist das schön.", lächelte er und fuhr mit dem Finger über ihre Klit und dann die feuchter werdende Spalte entlang. Manuela stöhnte auf.

„Gefällt dir das, Manuela?", fragte er etwas verunsichert.

„Ja, mach weiter. Mach einfach wonach dir ist."

Sein Gesicht näherte sich langsam ihrer Lustgrotte. Sie spürte schon seinen Atem auf ihrem Venushügel. Sie schob sich die Halter von den Schultern und legte ihre Brüste frei und begann, sich selbst die Nippel zu zwirbeln.

Dann berührte sein Mund ihre Scham. Manuela stöhnte laut auf. Seine Zunge berührte die Vulva und fuhr einmal rauf und einmal runter.

„Und?", stöhnte sie leise. „Wie gefällt es dir?"

„Es ist herrlich. Darf ich noch mehr."

„Frag nicht soviel.", stöhnte Manuela. „Leck mich endlich."

„Ja, gerne.", strahlte er und fing an, ihre Spalte mit der Zunge immer und immer wieder zu durchfahren.

„Ohhhh, jaaaa.", entwich es Manuela. „Tiefer, schieb deine Zunge tiefer hinein. Jaaaa..."

Jonas tat, wie sie es sagte und Manuela genoss diese unerfahren Lippen an ihrer Vagina.

Ihr schoss durch den Kopf, das vor wenigen Wochen noch sie die Unerfahrene und Schüchterne war und jetzt war sie hier. Hier mit einem 18 jährigen, dem sie sich hingab, den sie „anlernen" musste. Der noch unerfahrener war als sie. Und sie genoss den Gedanken, die Erste zu sein. Sie merkte, das er mit einer Hand an seiner Hose spielte.

„Lass ihn raus, Jonas. Mach deine Hose auf und lass ihn raus. Bitte.", sagte sie und dachte an diesen wunderbaren Penis aus der Gartenschoppe von vor 2 Tagen.

Jonas erhob sich.

„Soll ich wirklich?", fragte er unsicher. „Du möchtest, das ich meinen Pimmel raushole?"

Sie erhob sich, griff nach seinem Hosenbund und zog ihn zu sich heran. Jetzt war ihr alles egal. Sie wollte es, sie wollte ihn.

Er stand still vor ihr, als sie seine Short und seinen Slip herunterzog. Sein Penis sprang heraus und sie sah seine ganze Pracht. Er war groß und hart, die Eichel lag frei. Ihre Hand umschloss sein Glied und massierte es.

Jetzt war Jonas es, der aufstöhnte. Sie nahm seine Hand und führte sie an ihren Busen. Er griff danach und knetete ihn. Ihre Lippen bewegten sich auf seinen steifen Penis zu und sie fuhr mit der Zunge über seine Eichel. Er schaute an sich runter, blickte ihr zuerst in die Augen und sah dann wie ihre Zunge über seine Spitze leckte. Seine großen Augen bekamen dann noch mit, wie ihre Lippen seine Männlichkeit umschlossen und zu saugen anfingen, bevor er unter lautem Stöhnen seinen Kopf in den Nacken warf.

Dann stand Manuela auf, zog ihm das T-Shirt über den Kopf, bevor sie ihr Kleid, das von nichts mehr gehalten wurde, zu Boden fallen lies. Beide standen nackt voreinander. Ihre Lippen berührten seine Brust und küsste sie. Seine Hand wanderte über ihren Rücken zum Po und streichelte ihn. Ihre Hand umschloss wieder seinen Penis und massierte ihn. Ihr Kopf kam zu ihm hoch.

„Küss mich.", sagte sie und ihr Mund bewegte sich Richtung des seinen.

Als die Lippen sich berührten schob sie ihre Zunge in seinen Mund und er erwiderte dieses Spiel, anfangs noch zurückhaltend, dann immer fordernder. Seine Hand fuhr wieder zwischen ihre Beine und sie spreizte diese sofort, um ihm einen besseren Zugang zu ihrer Lust gewähren.

„Komm mit auf´s Bett", forderte sie ihn auf und er folgte.

Sie legte ihn auf den Rücken, drehte ihre Becken in Richtung seines Gesichts und nahm seinen harten Schwanz wieder in den Mund, während sich ihre weit geöffnete Lustspalte über seinem Mund befand.

Er begriff und fing an, sie mit seiner Zunge zu lecken und zu liebkosen. Sie stöhnte auf und ihre Scheide wurde immer feuchter. Sie genoss sein noch unbedarftes Zungenspiel und erfreute sich an seinem pulsierenden Penis.

Dann hörte sie auf, drehte sich um und schwang sich auf ihn. Dabei lächelte sie ihn an und er lächelte zurück.

„Willst du´s?", fragte sie. „Willst du, das ich dich reite?"

„Du meinst Ficken?"

„Nenne es wie du willst."

„Jaaaa, bitte mach es."

Sie nahm sein großes, hartes Glied und führte es sich ein. Ganz langsam lies sie sich auf ihn nieder. Immer tiefer drang er in sie ein.

„Ahhhh…. Der ist gut.", stöhnte sie.

Auch Jonas stöhnte auf und packte ihre Brüste. Er zwirbelte an ihren Warzen, so wie er es vorhin von ihr an sich selbst gesehen hatte.

Sie stöhnte laut auf und ihr Ritt auf ihm wurde heftiger und schneller. Sie lies sich vorn überfallen und küsste ihn, während ihr Becken sich vor und zurück bewegte.

Jonas stöhnte plötzlich laut auf und seine Hände krallten sich ins Laken, sein Körper spannte sich an. Er kam zum Höhepunkt. Manuela ritt weiter und schaute in seine Augen, die verdreht nach oben sahen. Sie merkte, wie sich sein Sperma in ihr in einem großen, warmen Schwall ausbreitete und in sie hinein spritzte.

Durch dieses geile Gefühl kam auch sie. Nur noch einen kurzen Augenblick ritt sie seinen Speer, ehe auch sie unter lautem Stöhnen hochschoss sich erst an der Wand abstützte um sich dann in seinen Schultern festzukrallen.

Einen kurzen Moment blieb sie so reglos auf ihm sitzen und beide holten Luft. Sie sahen sich an und lächelten.

Dann glitt Manuela von ihm herunter und legte sich neben ihn.

„Und? Wie war es jetzt für dich, dein erste Mal?", fragte sie.

„Es war unglaublich schön. Jetzt weiß ich, warum immer alle Männer davon reden und das wollen."

„Glaube mir, Jonas. Nicht nur Männer reden davon und wollen es. Frauen auch.", zwinkerte sie ihm zu.

„Du hast das geplant, stimmts?", fragte er. „Das mit dem Koffer und so, meine ich."

„Ich will es mal so sagen: Ich habe dich versucht aus der Reserve zu locken. Ich bin sicher, aus dir wird mal ein richtig guter Liebhaber. Du solltest dir dringend eine Freundin suchen."

„ War das jetzt eine einmalige Sache?", guckte er traurig.

„Habe ich das gesagt?, schaute Manuela ihn erstaunt an.

„Nein, aber weil du sagst, ich soll mir eine Freundin suchen."

„Jonas. Das hier war schön mit dir, aber auf die Dauer bin ich zu alt für dich. Du brauchst was Festes, eben eine feste Freundin und wenn die da ist, werde ich sowieso über sein. Aber bis dahin...", lächelte sie ihn an.

Nach einer Weile standen sie auf, zogen sich an und Jonas machte die Anlagen.

Als er fertig war, gab Manuela ihm einen Kuss. Das Geld wollte Jonas erst nicht annehmen, aber Manuela bestand darauf, weil er genau darum bei ihr arbeiten wollte.

Sie wusste ja, das er das Geld für sein späteres Studium haben wollte.

Sie machten aus, das Jonas am kommenden Samstag wieder kommen würde.

Sie gab ihm noch einen sanften Kuss an der Tür und dann fuhr er nach Hause, mit dem Gefühl unendlich Glücklich zu sein.

Manuela ging zurück ins Schlafzimmer, machte das Bett und rief dann Steffi an.

„Wann kommst du?", fragte Manuela.

„So gegen sieben?", erwiderte Steffi. „Ist dein Rasenmäher-Boy weg?", wollte sie wissen.

„Ja, der ist weg. Jetzt kommt immer der Rasenmäher-Mann.", lachte sie. „Bis nachher."

Kapitel 13

Beste Freundinnen

Steffi kam um 19 Uhr bei Manuela an.

„Hi Steffi.", öffnete Manuela grinsend die Tür.

„Hi und jetzt erzähl. Los fang an.", rannte Steffi zur Wohnungstür.

„Willst du nicht einfach erst mal reinkommen?"

„Jaja und jetzt leg los. Erzähle mir alles! Ich bin soooo gespannt.", platzte es aus Steffi raus, die Manuela bei Seite schob und die Tür hinter sich schloss.

„Kein Kuss heute zur Begrüßung?", machte Manuela ein trauriges Gesicht.

„Ohhhh, Mann! Du spannst mich auf die Folter, Fräulein.", stellte Steffi fest und gab Manuela den erwünschten und langen Begrüßungskuss. „So Aufgabe erfüllt. Erzähl endlich!"

Manuela drehte sich lachend um und ging ins Wohnzimmer und setzte sich auf die Couch. Steffi folgte ihr. Manuela goss ihr einen Kaffee ein und fragte sie dann:

„Erst von Thomas und Freitag Abend oder erst von heute morgen?"

„Thomas, Thomas… Du weißt was ich hören will. Von dem Schnuckelchen. Von Thomas kannst du mir später berichten. Hast du ihn wirklich vernascht?"

„Also gut, du Nervensäge.", lachte Manuela und erzählte ihr, was am Morgen passiert war.

„Du Luder!", schoss es aus Steffi heraus, die mit erhobenem Zeigefinger schimpfend neben Manuela saß. „Der Kleine hatte ja Glück, das ich nicht auch da war. Der wäre ja verrückt in der Birne geworden.", lachte sie.

„Anfangs war er auch so schon total von der Rolle, nachdem er mir unter den Rock geguckt hatte.", grinste Manuela.

„Darf ich auch mal dabei sein und wir vernaschen ihn gemeinsam?", fragte Steffi, guckte dabei leicht nach unten und klimperte mit den Augenlidern.

„Na, das würde ne Show werden. Ob er das überlebt?", lachte Manuela.

„Man wächst an seinen Herausforderungen, heißt es doch immer, oder?", grinste Steffi.

„Dann sollten wir ihn nächstes Wochenende mal herausfordern.", lachte Manuela auf.

„Echt Süße. Ich erkenne dich gar nicht wieder. Du hast dich echt verändert."

„Was meinst du? Inwiefern verändert?"

„Oh, Süße. Ich meine das nicht Negativ, sondern eher als Lob. Als ich dich vor einigen Wochen kennen gelernt habe, warst du so schüchtern, kanntest fast nichts. Und jetzt? Du genießt wirklich dein Leben, wie du es gesagt hast, hältst dich nicht mehr zurück, wie ich es dir geraten habe. Hast Lust auf Sex und holst ihn dir. Manchmal habe ich schon Angst, du bist schlimmer als ich.", lachte Steffi.

„Quatsch, du blöde Kuh. Schlimmer als du geht doch gar nicht."

„Ey? Hallo? Wer von uns hat denn hier einen 18 jährigen vernascht und prahlt damit herum, häää? Mein jüngster Loverboy war immerhin schon 19.", grinste sie.

„Was willst du mit so alten Männern?", flapste Manuela zurück.

„Apropos ältere Männer! Wie war es Freitag?"

„Sehr schön und sehr geil. Wir sehen uns morgen Nachmittag. Vielleicht hat er ja Lust morgen mal mit mir in diesen Club zu gehen, von dem du mal gesprochen hast. Dieses Sodom X."

„Ja, ein reiner BDSM-Club. Ist da morgen was los?"

„Jepp. BDSM für Anfänger. Da bin ich ja genau richtig.", überlegte Manuela.

„Jooo. Verkehrt bist du da nicht. Tolle Spielräume, aber nicht meine Welt.", schüttelte Steffi den Kopf.

„Anschauen schadet nicht, sofern Thomas überhaupt Lust dazu hat."

„Wird´s ernst mit euch?", fragte Steffi nach.

„Mal sehen. Ich habe ihm gesagt, das ich ihn erst mal gerne als Plus-Plus-Freund hätte, also mehr als Freundschaft plus, aber weniger als feste Beziehung. Er hat verstanden, das ich jetzt erst einmal Freiraum und Freiheit möchte, nach der Trennung."

„Ist doch toll, wenn er das versteht und auch so sieht."

„Finde ich auch.", sagte Manuela und überlegte einen Moment, bevor sie weiter sprach. „Findest du es wirklich gut so, wie ich mich in der kurzen Zeit entwickelt habe? Manchmal bekomme ich Angst vor mir selbst."

„Ja, ich finde gut, das du aus dir rausgehst, obwohl ich nicht weiß, ob du es vielleicht auch etwas übertreibst, ohne das als negative Kritik zu meinen. Ich weiß ja, das du nicht viel erlebt hast in deiner Beziehung, obwohl du die Chance gehabt hättest. Dein Ex hat dich ja oft genug aufgefordert zu reden. Wärst du da schon so gewesen wie heute, würdet ihr vielleicht noch zusammen. Ist aber natürlich Hypothetisch."

„Ich übertreibe es, meinst du? Kann sein, das ich im Moment einfach nur viel mehr Lust auf Sex habe als früher. Ich glaube, das das auch wieder nachlässt. Es gibt einfach nur soooo viele Dinge, die ich für mich selbst entdecken möchte. Ich habe dich kennen gelernt und du hast mir die Liebe und den Sex unter Frauen gezeigt. Ja, und ich liebe es. Thomas hat mich ein Stück in seine Welt des BDSM mitgenommen, eine Welt, die ich nicht kannte, die mir aber gefällt und mich reizt. Und dann Jonas. Das war für mich einfach mal interessant zu wissen, wie Attraktiv ich noch bin und wie weit ich so ein Jüngelchen treiben kann. Aber es war wirklich toll mit ihm.", lächelte Manuela.

„Ich sagte ja: Es soll keine Kritik sein, nur ein, sagen wir mal Hinweis. Ich passe aber auf dich auf, Süße, weil ich dich sehr lieb habe und du meine beste Freundin bist."

Manuela rutschte zu ihr rüber und gab ihr einen langen Zungenkuss. Steffi erwiderte ihr Zuneigung und streichelte durch ihr Haar und über den Rücken. Manuela griff nach Steffis fester Brust und knetete diese leicht. Steffi stöhnte leicht auf und schaute sie an.

„Hast du Lust auf mich?", fragte Steffi lächelnd.

„Ja, sehr sogar.", hauchte Manuela. „Ich würde gerne mit dir im Schlafzimmer verschwinden und deinen Körper überall küssen und streicheln."

Steffi stand auf und nahm Manuelas Hand.

„Dann komm. Ich will dich auch.", lächelte sie zurück.

Die beiden Frauen gingen ins Schlafzimmer. Dort küssten sie sich im stehen intensiv und fingen an, sich gegenseitig auszuziehen. Manuela nahm Steffis Nippel in den Mund und saugte zärtlich an ihnen, während Steffi ihr die Hose öffnete und langsam ein Stück herunter lies. Manuela besorgte den Rest und zog sie ganz aus, inklusive Slip. Steffi tat es ihr gleich.

Die Beiden stiegen aufs Bett und knieten voreinander. Steffis Finger suchten und fanden die schon nasse Spalte von Manuela, die aufstöhnte, während die Finger in sie eindrangen. Auch ihre Hände wanderten zu Steffis Lustgrotte, die ebenfalls Nass war, und schob ihr auch zwei Finger hinein.So knieten sie voreinander, küssten und fingerten sich zum Höhepunkt, den sie mit lautem Stöhnen zu Ende brachten.

Dann legten sie sich hin und küssten sich lange, streichelten dabei die jeweils andere und genossen die Zärtlichkeit.

Dann stand Steffi auf, ging aus dem Zimmer und kam mit zwei Dildos zurück. Einen legte sie auf das Nachttischen neben Manuelas Bett. Mit dem anderen wanderte sie über Manuelas Körper, umspielte die Warzen, den Bauchnabel und schließlich die Klit.

„Dreh dich um und mach mir das Hündchen.", sagte sie zu Manuela.

Sie verstand, was Steffi meinte und kniete sich hin, wobei sie sich mit den Händen auf der Matratze abstützte. Steffi umspielte mit dem Vibrator nun Manuelas Anus. Zwischendurch spuckte sie ein wenig auf den Dildo, um ihn feuchter zu machen. Da das gute Stück nicht sehr lang und dick war, drückte sie den Vibrator langsam gegen Manuelas After. Diese ging mit dem Kopf runter, um die Hände frei zu haben.
Mit den freien Hände zog sie ihre Pobacken auseinander, um Steffi den Zugang einfacher zu machen.

„Das machst du toll, du geiles Stück.", sagte Steffi zu ihr.

„Ja, ich lerne dazu.", meinte Manuela, die durch das Kopfkissen kaum zu verstehen war.

Steffi drückte etwas fester und der Dildo glitt in Manuelas Po. Sie stöhnte laut auf und der Vibrator verschwand fast bis zum Ende in ihr. Mit der freien Hand griff Steffi nach dem anderen Vibrator und schob ihr den in die feuchte Grotte. Wieder stöhnte Manuela auf.

„So siehst du richtig geil und einladend aus. Du hast eine unglaublich schöne Muschi und einen super geilen Arsch, Süße."

Steffi bewegte beide Dildos gleichzeitig vor und zurück, bis Manuela sich vor schreien und stöhnen nicht mehr halten konnte und auslief.

Erschöpft sackte sie zusammen. Steffi zog die Vibratoren raus und legte sie auf den Nachttisch.

Sie lagen eng umschlungen zusammen.

„Ich halte dich, Süße. Ich halte dich.", flüsterte Steffi Manuela ins Ohr.

Manuela schnaufte tief durch, bis das Zittern ihres Körpers aufgehört hatte. Dann forderte sie Steffi auf:

„Setzte dich über mein Gesicht. Ich liebe es, dich so über mir zu spüren."

Steffi lächelte und kniete sich breitbeinig über Manuelas Gesicht und rutschte immer tiefer, bis ihre feuchte Lustspalte fast ihren Mund berührte. Manuelas Zunge fuhr tief durch ihre weit geöffnete

Scheide. Sie schmeckte und roch ihre Lust und Geilheit. Steffi stützte sich mit beiden Händen an der Wand ab. Manuelas Hände wanderten zu Steffis Po. Mit der einen zog sie eine der Backen an die Seite, mit dem Mittelfinger der anderen spielte sie an ihrem After. Dann ließ sie den Finger kurz in ihre immer noch feuchte Spalte gleiten und kümmert sich dann wieder um Steffis Anus. Langsam drang sie mit dem Finger in ihren Po ein, was Steffi mit lautem Aufheulen begrüßte.

„Ohhh Gott. Wie Geil….", schrie sie.

Dann nahm Manuela die andere Hand wieder, um Steffis Klitoris zu massieren, während sie weiter hart und fest leckte.

Nicht lange und Steffi zuckte mit einmal am ganzen Körper, schrie und stöhnte laut. Sie konnte es nicht halten und ihr Liebessaft ergoss sich in Manuelas Mund, über ihr Gesicht, über ihre Brüste und Schultern. Dann ließ sich Steffi zur Seite neben Manuela fallen. Jetzt war sie es, die gehalten werden musste.

Die beiden befriedigten Damen lagen wieder eng umschlungen neben einander. Keine sagte ein Wort.

Nach einer ganzen Weile meinte Manuela:

„Ja, du bist meine allerbeste Freundin und ich liebe dich genauso."

„Ich liebe dich auch, Süße."

Sie küssten sich noch eine ganze Weile, lagen so da und schliefen schließlich ein.

Kapitel 14

Sodom X

Am nächsten Morgen weckte Manuela Steffi wieder mit Kaffee am Bett und einem langen intensiven Kuss.

„Sag mal, Süße. Hast du Schlafprobleme?", sagte Steffi mit noch verschlafenem Gesicht. „Was rennst du immer so früh herum?"

„Früh ist gut.", lachte Manuela. „Es ist halb eins. Ich habe schon geduscht und mich fertig gemacht."

„Oh, Gott.", ließ Steffi sich aufs Kissen zurückfallen.

„Ich bin auch erst seit 11 auf und finde das schon spät. Um 15 Uhr steht Thomas auf der Matte."

„Au, Backe. Stimmt. Frühstück fällt dann wohl aus!?"

„Nein, meine Hübsche. Tisch ist gedeckt und wir können sofort loslegen.", lachte Manuela und gab Steffi noch einen Kuss, bevor sie zum Esstische ging und auf ihre Freundin wartete.

Die Beiden frühstückten ausgiebig und gegen halb Drei verabschiedete sich Steffi und wünschte Manuela einen tollen Tag mit Thomas.

Manuela goss sich noch einen Kaffee ein und wartete auf Thomas´ erscheinen.

Punkt Drei klingelte es an der Tür.

„Hallo schöne Frau.", grinste Thomas schon im Hausflur. „Ich bin Pünktlich, wie es scheint."

„Ja, bist du.", nickte Manuela ihm zu.

„Wow. Du siehst toll aus.", lächelte er. „Haben wir was vor, von dem ich nichts weiß?"

„Komm erst mal richtig rein.", lachte sie. „Kaffee ist fertig."

Manuela ging voraus zum Wohnzimmer und zeigte dabei kurz Thomas ihre Wohnung.

„Hast du kein Schlafzimmer?", lächelte Thomas.

„Doch, aber vielleicht lernst du das später ja noch mal kennen.", grinste Manuela.

„Oha... Ist das ein Versprechen oder eine Drohung?"

„Das kommt auf die Umstände an.", zwinkerte sie ihm zu und goss ihm einen Kaffee ein.

Dazu stellte sie noch ein paar Plätzchen auf den Tisch.

„Also, Traumfrau? Machen wir noch was?", fragte Thomas erneut nach. „Hast du was geplant?"

„Ja. Ich würde gerne was mit dir unternehmen, aber geplant habe ich gar nichts.", lächelte sie ihn an. „Ich weiß auch nicht, ob du Lust dazu hast."

„Ok. Spuck´s aus. Was möchtest du machen. Ich bin mit dir zu allen Schandtaten bereit.", grinste er frech.

„Na dann wird das ja kein Problem sein.", grinste sie zurück. „Ich würde heute gerne mit dir ins „Sodom X" gehen. Dort ist eine Anfänger-Party für BDSMler."

„Aha…", lächelte er sie an. „ Die Dame möchte also mehr von meiner dunklen Welt erleben?"

„Och ja, wenn du mich so fragst. Allerdings finde ich die gar nicht so Dunkel. Sie hat Licht in mein karges Dasein gebracht."

„Dein karges Dasein?", sagte er mit nachdenklichem Gesichtsausdruck. „ So Karg ist dein Leben doch gar nicht."

„Nööö… Seit einiger Zeit nicht mehr. Dank dir und Steffi z.B."

„Also gut. Meinen Koffer habe ich sowieso im Auto und wenn du spielen willst….", nickte er ihr zu.

„Prima. Ich melde uns gleich an.", sagte sie und ging zum Laptop.

„Schon fertig.", freute sie sich. „Meine erste selbstän-
dige Anmeldung."

„Als Paar hoffe ich?", meinte er.

„Wie jetzt? Ich kann mich auch als Paar anmelden, wo
ich doch keinen Partner habe?"

„Klar. Komm ich zeige es dir und wir ändern das."

Thomas ging mit ihr an den Laptop und änderte die
Anmeldung auf Paar ab.

„Schon wieder was gelernt.", freute sie sich.

Thomas lachte und nahm sie in den Arm. Dann gab er
ihr einen langen, tiefen Kuss.

„Was muss ich anziehen oder was soll ich anziehen?",
fragte sie Thomas. „Ich habe ja noch nichts außer
dem Kleid von Steffi."

„Das reicht auf jeden Fall. Ist ja für Neulinge gedacht
und daher wird das heute auch nicht so eng gesehen
mit Dresscode usw."

„Oh, gut. Ich muss unbedingt mal mit Steffi shoppen
gehen. Sie kennt ein paar gute Läden dafür, hat sie
mir gesagt."

„Davon bin ich überzeugt.", lachte Thomas.

Die Zwei unterhielten sich noch eine ganze Weile über den Club und über das Thema BDSM.
Gegen halb Fünf ging Manuela sich umziehen und dann starten sie los.

„Welche Musik hörst du gerne?", fragte Thomas sie.

„Das ist verschieden. Kommt auf die Stimmung an. Warum fragst du? Willst du mich jetzt mit lauter Musik zum Schweigen bringen?", lachte Manuela.

„Nööö, nur so."

Damit war das Thema Musik erst mal abgehakt und nach einer weiteren guten halben Stunde waren sie um kurz nach 18 Uhr am Ziel.

Beide stiegen aus. Manuela fiel auf, das der Parkplatz gut halb voll war und sie vermutete, das schon etliche Gäste da sein würden. Den Anmeldungen nach dürften sich so etwa 50 Personen dort einfinden und sie war sehr gespannt auf den Abend.

Thomas holte seinen Koffer, nahm Manuela an die Hand und führte sie zum Eingang. Vor der Tür war ein großes, rotes „X" auf in den grauen Pflastersteinen mit kleineren Steinen eingearbeitet worden. Darüber war auch in Rot das Wort „Sodom" eingelassen.

Thomas klingelte an der Tür und der Summer war zu hören. Eine Frau in einem schwarzen Lederdress stand hinter dem Empfang.

„Thomas!", rief sie freudig überrascht. „Das du heute hier bist! Auf einem Anfänger-Abend!?"

„Nun ja, Moni.", lächelte er. „ Es gibt auch jemanden an meiner Seite, die noch Anfängerin ist. Darf ich dir Manuela, eine sehr gute Freundin von mir, vorstellen. Sie hat uns angemeldet."

„Sagst du mit deinen Nicknamen, Manuela? Ich bin Moni, die Chefin hier."

„Hallo Moni. Ich bin „New_Princess". Ich freue mich hier zu sein.", lächelte sie freundlich.

Thomas bezahlte den Eintritt und gab Moni zu verstehen, das er Manuela alles zeigen und erklären würde. Dann gingen die Zwei zu den Spinden. Moni hatte ihnen eine Spindschlüssel gegeben und so zogen sich beide nebeneinander um.

Manuela in das Kleid, das Steffi ihr geschenkt hatte, Thomas zog lediglich das schwarze Sakko aus und hängte es auf einen Bügel.

„Erster!", grinste er.

„Brauchst du dich nicht umzuziehen?", wollte Manuela wissen.

„Nööö. Passt doch. Schwarze Anzughose, schwarze Lackschuhe. Nur, dass ich jetzt ein weißes statt wie sonst schwarzes Hemd trage. Fertig!"

Kurz drauf war Manuela fertig und lächelte Thomas an.

„Hinknien, Miststück!", gab er im Befehlston von sich.

Manuela guckte erstaunt, tat es aber nachdem Thomas die Anweisung erneut gesagt hatte.

Er griff in die Vordertasche seines Koffers und zog ein schwarzes Lederhalsband mit einem Ring vorne dran aus ihr heraus.

„Das trägst du als Zeichen, das du meine Sub bist. Du wirst nur mir gehorchen und meine Befehle und Wünsche ausfüllen. Tust du es nicht, wird es Konsequenzen für dich nach sich ziehen. Hast du mich verstanden, Miststück?"

Ein junges Pärchen, das sich ebenfalls zum Umziehen in dem Raum befand, schaute erschrocken, aber gebannt den beiden zu.

„Ja, ich habe verstanden.", sagte Manuela.

„Wie heißt die Antwort richtig, Miststück?"

„Entschuldige, mein Herr. Ja, ich habe verstanden, mein Herr.", gab sie kleinlaut von sich.

Der junge Mann in der Umkleide grinste seine Freundin frech an.

„Das gefällt mir.", grinste er Süffisant. „Ich glaube, wir werden heute eine Menge lernen und Spaß haben."

„Ob das so spaßig wird, wird sich noch zeigen.", sagte seine Partnerin und streckte ihm die Zunge raus.

Thomas grinste und zwinkerte ihm zu.

„Zeige ihr, das du der Chef bist. Gib ihr einen Klaps auf den Po oder so. Verschaffe dir Respekt."

Damit wandte er sich wieder Manuela zu.

„Aufstehen, Miststück. Nimm den Koffer und folge mir nach oben."

„Ja. Ich folge dir, mein Herr."

Thomas ging die Treppe voraus ins Obergeschoss und Manuela kam mit dem Koffer nach. Allerdings hatte sie Probleme den großen Koffer die Stufen herauf zu heben.

„Ich schaffe das nicht, mein Herr.", rief sie vom Treppenansatz zu ihm herauf.

Thomas ging die halbe Treppe, die er schon erklommen hatte wieder zu ihr nach unten zurück und baute sich vor ihr auf.

„Hoffentlich bist du für andere Dinge mehr geeignet, Miststück. Ich werde den Koffer nehmen. Zur Strafe wirst du die Stufen auf allen Vieren erklimmen und ich will kein Klagen hören. Hast du mich verstanden, Miststück?"

„Ja, habe ich.", sagte sie nur brummig.

„Wie heißt das, Miststück?", fuhr er sie an und gab ihr mit der flachen Hand eine heftigen Schlag auf den Po.

„Verzeihung, mein Herr.", sagte sie kleinlaut und merkte das brennen auf ihrer Pobacke.

„Weiter?"

„Ja, ich habe verstanden, mein Herr."

Er hatte ihr schon zu Hause beim Kaffee gesagt, das sein Spiel nach dem Umziehen anfängt, bis sie es abbricht oder die Beiden wieder in der Umkleide sind.

Allerdings hatte sie, wo sie doch noch so neu in dem Metier war, auf etwas mehr Freundlichkeit gehofft.

Aber er hatte auch erwähnt, das eine gute Erziehung am besten sofort anfängt. Da hatte sie noch gelacht, aber er hatte sie auch nicht belogen und sie wollte das Spiel auch mit allen Konsequenzen mitspielen.

Thomas nahm den Koffer und ging rasch die Treppe herauf. Am Treppenabsatz blieb er stehen.

„Nun komm schon, Miststück. Oder muss ich dich mit der Gerte treiben?", rief er ihr zu und grinste dabei.

„Ich komme schon, mein Herr."

Sie ging, wie er gefordert hatte auf die Knie und kroch nun auf allen Vieren die Treppe hinauf. Die harten Stufen schmerzten nach kurzer Zeit an den Knien.

Thomas wartete geduldig mit verschränkten Armen bis sie endlich oben war.

„Das nächste mal, Fräulein, geht das aber etwas schneller. So lange, wie das gedauert hat, hätte ich mich ja schon betrinken können, wenn es hier Alkohol geben würde.", lachte er.

„Entschuldigung, mein Herr. Er soll nicht wieder vorkommen. Mein Herr, gibt es hier keinen Alkohol?"

„Nein. Zum Glück auch nicht. Wer weiß, was sonst passieren würde, wenn so ein Besoffski hier mit der Peitsche oder ähnlichem hier hantieren würde."

Das leuchtete ihr ein und sie nickte.

„Jetzt steh auf, nimm den Koffer und folge mir.", wies Thomas sie an.

„Ja, mein Herr, ich folge dir."

Thomas ging in den Barraum und Manuela folgte brav mit dem Koffer hinter sich herziehend.

„Mein Gott. Unser Mr. Wild One. Welche freudige Überraschung.", kam es von der anderen Barseite.

Der Mann, der das gerufen hatte, kam von seinem Platz aus auf Thomas zu und die beiden Männer umarmten sich freundschaftlich.

„Holger. Das freut mich, dich zu sehen, aber woanders als hier hätte ich dich auch nicht erwartet.", lachte Thomas.

„Holger, darf ich dir Manuela, eine sehr, sehr gute Freundin von mir vorstellen? Sie ist heute zum ersten Mal hier."

„Hallo Manuela.", sagte Holger und reichte ihr die Hand. „Du musst ja eine ganz tolle Freundin sein, das du seinen Koffer schleppen darfst.", lachte er.

Manuela schaute Thomas an.

„Du darfst ihm die Hand geben, Miststück.", sagte er lächelnd zu ihr.

„Hallo Holger. Ich bin Manuela.", lächelte sie verlegen. „Und ja. Ich wundere mich auch darüber, das ich das darf.", sagte sie mit gesenktem Blick.

„Du hast schon mit der Erziehung begonnen, merke ich.", sagte Holger an Thomas gewandt. „Früh übt sich, was?"

„Habe ich doch von dir gelernt.", sagte Thomas und

zwinkerte dabei Holger zu.

„Stell den Koffer da vorne in die Ecke.", meinte Thomas und wendete sich dabei Manuela zu.

„Komm.", sagte er dann wieder zu Holger. „Lass uns etwas quatschen.", und zeigte auf eine der lederne Sofagarnituren, die in einem großen Raum verteilt waren.

„Ich trinke eine Cola.", sagte er zu Manuela. „Bring dir auch was mit." und lächelte sie an.

„Ja, mein Herr.", lächelte sie zurück.

Holger holte sein Glas von seinem Platz und folgte Thomas zur Couch.

Die beiden Männer unterhielten sich angeregt, als Manuela mit den Getränken kam.

Sie wollte gerade neben Thomas Platz nehmen, als dieser zu ihr sagte:

„Hol dir ein Kissen, Miststück. Dein Platz ist hier." und wies dabei mit dem Finger auf den Boden vor seinen Füßen.

„Ja, mein Herr. Danke, mein Herr.", sagte sie, war aber echt beleidigt.

Sie hörte dem Gespräch der beiden Herren gespannt zu, sagte aber kein Wort. Dann verabschiedete sich Holger für´s erste von den Beiden.

„Thomas.", sagte Manuela. „Können wir mal kurz reden?"

„Was denn, meine Hübsche.", antwortete er, weil er merkte, das sie irgendwie nicht zufrieden war.

„Ich finde es ja OK, aber das mit dem „Erziehen" finde ich etwas übertrieben. Einerseits hast du gesagt, eine Partnerin auf Augenhöhe, aber hier erniedrigst du mich total. Es soll doch auch für mich ein schöner Abend werden, oder?"

Er lächelte sie an und strich ihr über die Wange, dann gab er ihr einen heißen Kuss.

„OK, mein Schatz.", sagte er. „Du hattest mir gesagt, das du die BDSM-Welt kennen lernen willst. Ich habe dich gefragt, ob du sie auf meine Weise kennen lernen möchtest und hast „Ja" geantwortet. Es geht auch anders.", sagte er lächelnd zu ihr. „Wie soll es denn deiner Meinung nach sein?"

„Nun ja. Das mit der Treppe fand ich echt heftig. Ich habe mich wie ein Stück Dreck behandelt gefühlt. Das ich hier auf dem Boden vor dir knie, scheint so üblich zu sein, wenn ich mir die anderen Damen so anschaue. Aber ich finde auch doof, wenn ich die ganze Zeit mit Miststück angeredet werde, ohne das ich was Böses gemacht habe. Und das ich ständig bei jedem Satz „Mein Herr" sagen soll, ist auch nervig. Dir gehorchen und bei Ungehorsam bestraft werden, ist ja OK für mich. Das hast du mir ja erklärt, aber wenn wir nicht spielen, dann möchte ich auch normal mit dir reden dürfen und auch mit meinem Namen angesprochen werden. So gefällt mir das jedenfalls nicht."

„Also gut, MANUELA!", lachte Thomas. „Wir machen es etwas softer. Du fängst ja wirklich gerade erst an. Es kommt vielleicht eine Zeit, wo du es anders möchtest. Aber auf dem Boden bleibst du sitzen, OK?"

Sie lächelte ihn an und sagte nur noch: „OK."

Thomas erzählte ihr von Holger. Er war der Lebensgefährte von Moni, der Chefin des Clubs. Sein Nick war „Dom_Manuel". Warum, wusste er nicht, aber das sich die Beiden schon eine halbe Ewigkeit kennen würden. Er sei es gewesen, der ihm seine erste Session mit Holgers damaligen Sub ermöglicht habe. So sei er zum BDSM gekommen. Er sei es gewesen, der ihm alles erklärt und gezeigt habe, so wie Manuela es von ihm erklärt bekommen hat. Seit damals seien sie sehr gute Freunde.

Manuela hörte gespannt zu.

Später redeten sie noch über das Outfit der anderen Gäste, da Manuela z.B. eine Frau mit einem Fuchsschwanz am Po aufgefallen war oder eine andere Dame, die mit Napf vor der Theke knien musste und angebunden war.

Thomas erklärte ihr, das die Frau einen Analplug mit angebrachtem Schwanz tragen würde. Vermutlich den ganzen Abend, ebenso würde die andere Frau auch wohl den ganzen Abend wie ein Hund oder eine Katze gehalten werden. Es seinen eben Fetische, die es auch im BDSM-Bereich gebe.

Nach einer Weile gingen Manuela und Thomas nach unten, wo das Restaurant des Clubs war. Sie aßen gemeinsam, unterhielten sich ganz belanglos über dies und jenes, bevor Thomas sagte:

„Ich würde jetzt gerne mit dir Spielen."

„Würde ich jetzt auch gerne.", lächelte Manuela nickend zu.

Thomas stand auf, griff nach dem Ring am Halsband und zog sie hinter sich her, bis sie oben an seinem Koffer waren.

Ganz automatisch griff Manuela nach dem Koffer und zog ihn hinter sich her.

Thomas ging Zielstrebig auf einen großen Raum zu. Auf dem Weg dorthin konnte Manuela sehen, das einige Paare oder teilweise auch Trios in den Räumen ihren Fantasien freien Lauf ließen.

Der Raum, den Thomas angepeilt hatte, war im hinteren Bereich durch eine Sichtschutzwand abgetrennt und man konnte seufzen, stöhnen und kleine Schreie wahrnehmen.

„Zieh dich aus und nehme deine Haltung an.", befahl er Manuela.

Gehorsam ließ sie ihr Kleid zu Boden sinken, stellte sich dann gerade mit gesenktem Kopf und die Hände auf dem Rücken, mit den Handflächen nach oben, vor Thomas hin.

„Bist du bereit, Miststück?", fragte er energisch.

„Ja, mein Herr. Ich bin bereit."

„Stell dich dort unter den Balken.", befahl er ihr und zeigte auf einen großen, alt wirkenden Holzbalken unter der Decke.

Auch hier war eine Seilwinde an ihm befestigt. An den Enden waren Ösen für Handfesseln oder Seile angebracht. Manuela sah, das links und rechts von dem

Deckenbalken noch zwei weitere Balken vom Boden bis zur Decke reichten, an denen unten und oben ebenfalls Ösen angebracht waren.

Thomas lies den Balken ein Stück herunter, ging zum Koffer und öffnete ihn. Er holte zwei Handfesseln heraus und ging zu Manuela. Er befestigte die Fesseln am Balken, um dann ihre Hände in die Handfesseln zu legen und sie zu fixieren. Danach wiederholte er dasselbe mit den Füßen. Manuela stand nun Nackt vor ihm und er genoss einen Augenblick ihre Schönheit. Die festen Brüste mit den harten Nippeln, ihr rasierte Scham, sah die leicht hervorstehenden Schamlippen.

Sie bemerkte sein Blicke und lächelte mit gesenktem Kopf. Thomas ging wieder zum Koffer. Er trat vor sie, hob ihren Kopf, um ihr dann die Augenbinde umzulegen. Er ging wieder zurück an seinen Koffer und kam wieder zu ihr. Sie merkte, wie er ihr Kopfhörer aufsetzte, aus denen nur einen Moment danach Musik erklang. Kein Rock oder Pop, kein Techno oder Hiphop. Nein, es waren eher klassische Klänge. Sie vermutete Rondo Veneziano oder so was in der Art.

Plötzlich wurde ihr klar, das sie überhaupt gar nichts mehr mitbekommen konnte. Sie sah nichts und sie hörte durch die Kopfhörer und die Musik auch nicht, was um sie herum geschah.

Plötzlich spürte sie Thomas rechte Hand auf ihrer Brust, die sie von hinten umklammerte. Dann spürte sie einen bekannten metallischen Gegenstand an ihrem Anus. Unter aufstöhnen wurde ihr der Plug eingeführt.

Dann stand sie eine Weile so da, ohne das sich etwas tat. Beobachtete er sie? Oder war er sogar fort? Fragen, ob er da ist, würde nichts bringen, sie konnte ihn ja nicht hören. Sie fing aber an, dieses Gefühl des Ausgeliefertseins und der Ungewissheit zu genießen. Sie lauschte der schönen Musik und ein Schauer der Lust durchfuhr ihren nackten und zur Schau gestellten Körper.

Fast in Träumen versunken durchfuhr sie ein plötzlicher Schmerz an ihren Brustwarzen. Klammern! Erst die eine Warze, hart und fest von der Klammer eingespannt, dann folgte die andere Warze. Sie spürte, wie die Kette an ihr herunterbaumelte. Kurz darauf spürte sie seine Finger an ihrer Klit. Dann das durchzucken ihre Lenden. Er hatte die dritte Klammer an ihrer Klitoris befestigt. Sie stöhnte unter Lust und Schmerz auf.

Dann wieder eine Zeit lang nichts, außer dem Pochen in ihren Nippeln, an der Klit und dieser unfassbar schönen Musik in ihren Ohren.

Plötzlich ein brennender, aber schöner und wohlbekannter Schmerz auf ihrem Po. Es benutzte die Gerte. Sie konnte den kleinen Lederriemen vorne dran genau spüren. Es war viel intensiver als beim letzten Mal. Es folgten abwechselnd je fünf Schläge auf die linke und rechte Pobacke.

Sie stöhnte bei jedem Schlag auf, der ihren Körper durchzog.

Dann wieder eine Zeit lang nichts.

Nach einiger Zeit spürte sie Hände, die ihre Brüste umspielten, ohne aber die Klammern zu berühren. Es waren nicht Thomas´ Hände. Sie waren so... so sanft. Es fühlte sich nach Frauenhänden an. Anders als die von Steffi, die sie ja zur genüge kannte. Es waren schöne, zärtliche und fremde Hände, die sie streichelten. Sie fuhren von ihren Brüsten hinauf zu den Schultern und zum Hals, dann wieder hinab bis zu ihren Hüften, dann um sie herum, um ihren Rücken zu streicheln. Wieder fuhren die unbekannten Finger über ihre Schultern, den Rücken hinab, zu ihren Becken. Dann klatschte eine dieser Hände hart und fest auf ihre Pobacke. Ein süßer Schmerz durchzog sie und sie jaulte auf. Dann packte die linke Hand der unbekannten Person ihre Hüfte und zog ihren Po nach hinten. Sie fühlte die rechte Hand an ihrer Vulva und wie die Finger nach ihrem feuchten Ursprung tasteten. Als sie den Eingang gefunden hatten, verschwanden zwei sehr schnell in ihrer Grotte der Lust und fingerten sie hart und fest. Dann bemerkte sie zwei weitere Hände, die die Brüste bespielten. Ganz leichte und sanfte, aber sehr intensive Schläge auf ihre Busen spürte sie und ließen sie aufstöhnen. Die Klammer an der Klit wurde gelöst und ein leichter Schmerz durchfuhr sie, als das Blut wieder hineinfloss. Noch immer waren die fremden Finger in ihrem Lustbereich und fickten sie hart und fordernd. Die Klammern an ihren

Brustwarzen wurden zeitgleich gelöst und auch hier ein Schmerz, der schön und zugleich Grausam war.

Die Schläge der Hände auf ihre Busen wurden härter und fester. Es waren nicht die Hände von Thomas. War er noch da, in der Nähe? War er wirklich fort und lies sie mit der fremden Frau und dem unbekannten Mann alleine hier zurück? Wie gerne hätte sie was gesehen. Wie gerne hätte sie zumindest etwas gehört, aber diese erregende, geradezu zärtliche Musik aus Geigen und Cellos ließ sie nichts anderes vernehmen außer den fremden Händen auf ihrem Körper, die sie schlugen und dann wieder zärtlich liebkosten. Die Männerhände zwirbelten an ihren Warzen und die Finger der Frau fuhren heftiger in ihrem Körper hin und her. Sie spürte ihre ganze Erregung, in jeder Faser ihres Körpers. Dieses Unbekannte, diese fremden Menschen, die ihren Körper in den Wahnsinn der Lust zu führen schienen, lies es sie kaum noch aushalten.

Schließlich gab sie nach und unter einer Fontäne ihres Liebessaftes, der aus ihr herausschoss, schrie sie ihre Lust und Erregung in die Welt hinaus. Ihre Beine ließen unter der Wucht ihres Orgasmus nach und sie sackte leicht zusammen. Die fremden Männerhände und ihre Handfesseln hielten sie aufrecht.

„Mein Gott!!!", dachte sie bei sich. „Das ist ein Wahnsinn."

Sie hatte vermutet, das der Orgasmus, den sie im Liebesspiel mit Steffi gehabt hatte, wäre das Höchste der Gefühle gewesen. Sie hatte sich getäuscht. Das hier war der Gefühlshammer. Sie zitterte am ganzen Körper, sie spürte jedes Härchen auf ihrer Haut, jede Pore, die sich geöffnet hatte.

Sie schnaufte, sie japste, sie versuchte genug Luft zu bekommen, um wieder Kraft zum stehen zu haben.

Nach einer Weile der inneren Ruhe, die nur von der Musik in ihren Ohren durchbrochen wurde, konnte sie wieder alleine stehen und die fremden Hände ließen von ihr ab.

Sie stand wieder eine Weile alleine da. Beobachtete sie jemand. Sie hatte zumindest dieses Gefühl.

Dann spürte sie, wie Fingernägel, die ihren Rücken hinunter kratzten, ihr einen Schauer durch den Körper trieben. Geiler als ein Nervenrad empfand sie diese Berührung.

Das kratzten hörte auf und die Hände und Finger streichelten ihren Rücken, fuhren herum zu ihren Brüsten, um dann wieder auf dem Rücken zu enden.

Es waren Thomas´ Hände, die sie streichelten. Sie wanderten dann runter zu ihrem Po und eine Hand glitt zum Plug in ihrem Hintern.

Vorsichtig wurde er herausgezogen und sie versuchte sich zu entspannen. Dann war er frei und verließ ihren Körper. Doch ehe sie sich versah, spürte sie seinen

Penis an ihrem After. Es war doch sein Penis? Und wenn nicht? Sie hätte eh nichts dagegen tun können.

Sie entspannte sich, so gut sie konnte und merkte, wie das harte Glied ihren Schließmuskel beim eindringen dehnte. Was für ein geiles Gefühl, dachte sie, wenn man nur spürt und nichts hört und sieht. Langsam fuhr der erigierte Penis in ihren Po ein. Dann verweilte er, so als ob er Kraft tanken müsse, ehe er Anfing, sie mit heftigen und harten Stößen zu ficken.

Nach wenigen Augenblicken zog er seinen Freudenspender aus ihr heraus und sie merkte, wie mit Schub um Schub Sperma auf ihren Po spritzte.

Danach merkte sie Küsse auf ihren Schultern ihrem Hals und ihren Wangen.

Einige Augenblicke später hörte die Musik auf und die Kopfhörer wurden ihr abgenommen. Obwohl die Ohren wieder frei waren, schien es, als ob die Musik noch immer spielte, aber dabei leiser wurde.

Danach nahm Thomas ihr die Augenbinde ab und sie war dankbar dafür, das der Raum nicht so hell war, so das sie ihn schnell erkennen konnte.

Sie lächelte ihn liebevoll an.

„Danke, mein Herr.", sagte sie.

„Das hast du gut gemacht, mein Miststück.", grinste er. „Hat dir das Spiel gefallen?"

„Ja, mein Herr. Vielen Dank, mein Herr, das ich diese Erfahrungen machen durfte."

Er löste ihre Fuß- und dann die Handfesseln. Während er seinen Koffer wieder einpackte, zog sie sich ihr Kleid wieder an.

„Komm, meine Hübsche. Wir gehen was trinken.", sagte er.

„Eine Frage, Thomas. Wer waren der Mann und die Frau?"

„Welcher Mann, welche Frau?", fragte er mit erstauntem Blick. „Ich habe dich etwa eine Stunde alleine da stehen lassen, damit du dieses Gefühl des Ausgeliefert sein spüren konntest."

Sie schaute ihn erschrocken an

Dann musste er laut loslachen.

„Das waren Christiane und Frank.", lachte er weiter. „Das junge Paar unten aus der Umkleide. Sie standen auf mal im Raum und schauten zu. Da habe ich sie einfach mal gefragt, ob sie Lust auf dich hätten."

„Du Schuft.", lachte sie. „Es war soooo Mega-Geil."

„Komm, Hübsche. Wir gehen zur Bar. Die Beiden warten bestimmt schon auf uns."

An der Bar bedankte sich Manuela mit Bussis für das schöne Abenteuer. Man unterhielt sich noch eine ganze Weile. Später am Abend schauten Manuela und Thomas Christiane und Frank bei ihrer ersten Session zu. Thomas gab Tipps und stellte sein Spielzeug zur Verfügung.

Erst spät für einen Sonntag, gegen ein Uhr Nachts, fuhr Thomas Manuela nach Hause. Vor der Haustür stieg Manuela aus und sagte zu Thomas nur:

„Na komm. Du wolltest doch mein Schlafzimmer sehen. Jetzt hast du die Gelegenheit."

Thomas grinste und stieg aus. Diese Gelegenheit wollte er sich nicht entgehen lassen.

Kapitel 15

Ein Herz und zwei verdorbene Seelen

Am nächsten Morgen standen Manuela und Thomas nach einer kurzen Nacht um 6 Uhr auf.

Sie waren Müde und sprachen nicht viel. Sie tranken schweigend, aber lächelnd ihren Kaffee.

Thomas verschwand kurz im Bad und sagte Manuela, das er jetzt fahren müsse.

Er gab ihr einen langen Kuss zum Abschied.

„Hab einen tollen Tag, meine Hübsche.", sagte er ganz lieb zu ihr und streichelte dabei ihre Wange.

„Wünsche ich dir auch, mein Schatz.", sagte sie und gab ihm einen weiteren Kuss.

Dann machten sie für die Woche einen Termin aus, an dem sie den Abend gemeinsam verbringen wollten.

Als Thomas fort war, schleppte sich Manuela Müde ins Bad, ging duschen und machte sich für den Tag fertig.

„Was für ein Hammer Wochenende.", dachte sie bei sich, als sie sich im Spiegel betrachtete.

Sie zog sich Jeans und Bluse über, packte sich ihre Tasche und startete durch in die neue Woche.

Als sie im Büro ankam, Steffi war wie immer schon da, wurde sie mit einer herzlichen Umarmung und einem Bussi von ihr begrüßt.

„Und? Wie war es im Sodom X?", fragte sie neugierig.

„Klasse, aber erzähle ich dir in der Pause.", grinste sie zufrieden.

Als die Frühstückspause kam, wollte Steffi sofort alles wissen und Manuela erzählte, was am Abend vorher passiert war.

„Wow. Echt? Das hört sich richtig geil an. Besonders die Sache mit dem jungen Pärchen."

„Ich habe es soooo genossen.", meinte Manuela mit verdrehten Augen. „Nichts sehen, nichts hören, nur fühlen. Wahnsinn! Man weiß einfach nicht, was passiert oder wer dich sieht, wer was mit dir macht. Es war Unglaublich erregend."

„Also willst du mehr davon?", grinste Steffi sie frech an.

„Unbedingt. Thomas ist ein echt toller Mann. Ich liebe seine Gegenwart, seine Hände, seine Stimme. Mit ihm möchte ich mehr davon erleben."

„Ist doch toll.", freute sich Steffi mit ihr. „Wann seht ihr euch wieder?"

„Er kommt Mittwoch zu mir und wir wollen den Abend zusammen kochen, Fern sehen und die Zeit genießen."

„Nur den Abend?", fragte Steffi mit einem Augen zwinkern.

„Wer weiß das schon?", lächelte Manuela sie verheißungsvoll an. „Und jetzt los, Süße. Wir müssen wieder an die Arbeit."

Der Rest des Tages verging wie im Flug. Manuela ging nach Feierabend noch einkaufen, machte sich ihr Abendessen und telefonierte dann mit Thomas, der noch in seiner Firma im Büro war.

Es war Mittwoch und Thomas kam wie verabredet um 18 Uhr vorbei. Sie hatte eingekauft und die Beiden kochten und lachten viel in der Küche. Zwischendurch wurden immer wieder Zärtlichkeiten ausgetauscht und so verging der Abend viel zu schnell.

Natürlich blieb Thomas über Nacht und die Zwei

verbrachten eine zärtliche Nacht voller Sex und Leidenschaft miteinander.

Als Thomas am nächsten Morgen ging, verabredeten sie sich für den Samstag Abend. Geplant war nichts. Freitag Abend wollte Steffi bei Manuela vorbei kommen. Somit war das Wochenende schon wieder voll.

Es war Freitag und Steffi war pünktlich um 19 Uhr da. Sie hatte eingekauft und Manuela und sie aßen zu Abend.

„Morgen früh kommt Jonas zum Rasenschneiden vorbei.", lächelte Manuela beim Abendessen.

„Oh ja. Auf den freue ich mich schon.", grinste Steffi.

„Ob wir den Kleinen nicht überfordern?", sagte Manuela nachdenklich.

„Ey, der ist noch jung. Das kriegt der schon hin.", lachte Steffi laut. „Ich bin mal gespannt, wie er sich verhält, wenn er mich sieht."

Nach dem Essen räumten sie auf, setzten sich auf die Couch, tranken Wein, quatschten viel und küssten sich immer wieder.

Die Nacht verbrachten sie wieder damit, sich gegenseitig zu verwöhnen.

Samstag morgen.

Manuela war wieder als Erste wach und kochte Kaffee. Sie brachte Steffi eine Tasse ans Bett und gab ihr einen Kuss.

„Ist das Bürschchen schon da?", fragte sie grinsend.

„Ich denke, das er in einer Viertelstunde hier sein wird.", grinste Manuela zurück. „Rasenschneiden wird aber nix. Es regnet."

„Süße, das wird auch nix, wenn die Sonne scheint.", zwinkerte Steffi ihr zu.

Kurz vor Neun klingelte es und Jonas stand an der Haustür.

Manuela öffnete und als er in die Wohnung kam, drückte Manuela ihn sofort an die Wand und küsste ihn. Er war völlig Perplex, fing sich aber schnell wieder.

„Schön, das du da bist.", sagte Manuela. „Du bist ja ganz Nass vom Regen. Komm mit ins Wohnzimmer. Wir befreien dich erst mal von deinen nassen Sachen. Die kommen in den Trockner.", lächelte sie.

„Ok.", sagte er nur und folgte.

Steffi hörte im Schlafzimmer das Gespräch der Beiden und grinste in sich hinein. Würde das ein Spaß werden. Sie entschloss sich, noch ein paar Minuten zu warten, bis sie sicher sein konnte, das er entweder Nackt oder höchstens noch mit einer Unterhose bekleidet war. Aus dem Wohnzimmer hörte sie Stimmen, verstand aber kein Wort. Sie hörte dann, wie Manuela in den Hauswirtschaftsraum ging und den Trockner anwarf.

Ihre Zeit war gekommen!

Sie selbst hatte nur ein langes T-Shirt mit Donald Duck Aufdruck an, ansonsten war sie, wie Gott sie geschaffen hatte.

„Hast du Besuch bekommen, Süße.", fragte sie, als sie in der Wohnzimmertür stand.

„Ja, Jonas ist da, Schatz.", grinste sie. „Mein Rasenmäher-Mann."

„Na, Boy ist er ja seit kurzem nicht mehr.", antwortete sie und ging zu Manuela und gab ihr einen heißen Kuss.

Jonas stand sprachlos mit offenem Mund da und der Ständer in seiner Hose war nicht zu verbergen und wuchs noch weiter, als die Freundinnen sich küssten.

Dann ging Steffi auf ihn zu und reichte ihm die Hand.

„Hallo, Jonas. Ich bin Steffi, Manuelas Freundin.", lächelte sie und gab ihm einen kurzen Kuss auf die Wange. „Freut mich, dich endlich kennen zu lernen. Meine Süße hat schon so viel von dir erzählt.", grinste sie ihn an.

„Du brauchst dich nicht genieren, Jonas. Steffi hat schon einige Männer in deiner Situation gesehen.", meinte Manuela und schaute dabei auf seinen erigierten Penis, wobei die Eichel oben aus der Hose lugte.

Auch Steffi schaute an ihm herab.

„Wow.", sagte sie lächelnd. „Du bist aber gut Bestückt, mein Kleiner."

Dabei stand sie neben Manuela, legte den linken Arm auf ihre Schulter und lehnte sich leicht an sie an.

„Oh... Sorry. Danke. Ich freue mich auch. Ich bin nur überrascht. Ich dachte, wir wären alleine. Also Manuela und ich.", stotterte er leicht herum.

„Stört es dich, dass ich hier bin?", fragte Steffi mit todtraurigem Gesichtsausdruck.

„Nein, nein. Natürlich nicht. Wenn ich störe, dann gehe ich wieder."

„Du kannst nicht gehen, Jonas. Deine Sachen sind im Trockner.", sagte Manuela und gab erst ihm, dann Steffi einen langen Kuss.

„Möchtest du auch einen Kaffee?", fragte Manuela ihn dann.

„Ich… Ja, bitte."

„Gut. Ich hole dir einen. Mit Milch? War doch richtig, oder?"

„Ja, mit Milch.", antwortete er und schaute dabei auf die ihn musternde Steffi.

Er wurde Rot im Gesicht und die Beule in seiner Hose wurde und wurde nicht kleiner.

„Ist es dir Peinlich, das ich dich ansehe?", fragte Steffi ihn dann.

„Ääähhhmmm… Ich weiß nicht… Es ist nur, weil…", haspelte er.

„Ja? Weil was?", fragte Steffi, die dabei auf sein hartes Glied schaute.

Er schaute verlegen an sich runter und wusste nicht, wie er sich verhalten sollte. Am liebsten hätte er sich versteckt.

„Du hast scheinbar einen sehr schönen Schwanz, mein Kleiner. Manuela hast du damit ja schon Glücklich gemacht. Es muss dir nicht unangenehm sein. Ich habe schon viele Schwänze gesehen, geblasen und geritten und deiner sieht echt Scharf aus."

Die Röte in seinem Gesicht wurde mehr und bei dem Gedanken, an das von Steffi erzählte, glaubte Jonas, sein Glied würde gleich platzen, so hart war er.

Manuela kam mit dem Kaffee und reichte ihn Jonas, der ihn mit zitterigen Händen annahm.

„Nicht plempern.", ermahnte ihn Manuela. „Habt ihr euch ein bisschen beschnuppert?"

„Zum Schnuppern und Schnüffeln sind wir noch nicht gekommen, Süße.", grinste Steffi frech. „Kommt aber hoffentlich noch, oder was meinst du, Jonas."

Jonas leuchtete wie das schönste Rot einer Verkehrsampel.

„Ich weiß nicht… Werden wir?", sagte Jonas und schaute sie fragend an.

„Möchtest du? Hast du Lust mich zu beschnüffeln?", meinte Steffi und schaute fragend zurück.

„Ich weiß nicht, was Manuela dazu sagen würde, wenn ich mit dir...", stotterte er weiter und zuckte mit den Schultern.

„Oh, da mach dir mal keine Gedanken. Sie wird dann dabei sein.", meinte Steffi mit einem Blick auf die nickende Manuela. „Es sei denn, du möchtest nicht mit uns Beiden gleichzeitig?"

Steffi setzt wieder den traurigen Blick auf und zog dabei einen Schmollmund.

Dann ging sie auf Jonas zu und stand ganz nah vor ihm. Ihre Hände legte sie auf seine Schultern und ließ sie langsam herunter wandern.

„Ich möchte nur mal fühlen, was mir so entgehen würde, wenn du lieber nicht willst.", meinte sie, während ihre Hände sich in Höhe seines Bauchnabels vereinten und zu seiner Eichel fuhren, die pochend aus der Unterhose hervorschaute.

Als sie ihn berührte, zuckte er und honorierte es mit einem leichten aufstöhnen oder seufzen, was Steffi nicht so genau zu identifizieren mochte.

Ihre rechte Hand fuhr in seine Hose und umpackte den harten Penis.

„Ohhhh, fühlt der sich gut an. Ein Prachtstück.", hauchte Steffi Jonas ins Ohr. „Der würde sich gut in unseren Löchern machen, findest du nicht, mein Kleiner?".

„Ja, bestimmt.", strahlte Jonas mit geschlossenen Augen."Bestimmt würde er das."

„Na also.", flüsterte sie ihm ins Ohr. „Schmeckt er denn auch gut. Manuela hat mir das nicht verraten."

„Ich… Ich weiß nicht…", sagte Jonas, dem die Stimme wegzubleiben schien.

Steffi drehte den Kopf zu Manuela und lächelte sie an. Sie stand an den Esstisch gelehnt, mit der Tasse in der Hand und streichelte sich ihre erregte Brust.

„Magst du mich nicht anfassen, Jonas? Das darfst du gerne machen. Ich habe auch kein Höschen an. Du darfst gerne überall fühlen."

„Ja, das möchte ich gerne. So eine schöne Frau.", strahlte er.

Steffi trat einen Schritt zurück und spreizte leicht die Beine.

„Na dann komm.", sagte sie, während Manuela die Tasse abstellte, hinter Steffi trat und ihre Brüste umspielte.

„Komm, trau dich ruhig.", sagte Manuela zu ihm. „Sie hat einen geilen Körper."

„Habt ihr auch Sex zusammen? So Frauensex?", fragte Jonas leise.

„Ja, sicher. Letzte Nacht noch.", lächelte Steffi. „Da hätten wir einen Kerl wie dich gebrauchen können."

„Was... Was hätte ich denn dann machen müssen?"

„Wenn du jetzt Mutig bist und näher kommst, wirst du es nachher erfahren, was meinst du Süße?"

„Ganz sicher sogar.", nickte Manuela zustimmend. „Trau dich, Jonas. Du darfst sie berühren, wo du möchtest. Ich bin dir nicht Böse.", lächelte Manuela ihm ermutigend zu.

Jonas trat an die Frauen heran und Manuela zog dabei Steffi das T-Shirt aus. Sie stand nackt vor Jonas, der sie fasziniert betrachtete.

Steffi griff mit beiden Händen an seine Hose und zog sie ein Stück herunter.

Er packte sanft mit den Händen an ihre Brüste und sie stöhnte dabei leicht auf.

Nun waren es seine Hände, die langsam an Steffis Körper herunter fuhren, bis sie an die Lustgrotte kamen. Steffi spreizte die Beine noch ein Stück weiter.

Manuela zwirbelte dabei an Steffis Warzen, während Jonas endlich den Mut gefasst hatte, Steffis feuchte Vulva zu berühren.

„Siehst du.", flüstere sie leise. „Ich bin schon ganz feucht. Wir sind genauso geil wie du."

Jonas grinste und konnte sein Glück nicht fassen. Dabei sollte er doch bei dieser Frau nur am Wochenende den Rasen schneiden und etwas Unkraut zupfen und jetzt? Jetzt zupfte an ganz anderen Dingen.

Steffi lehnte ihren Kopf an Manuela, während Jonas mit seinen Fingern anfing, Steffis innerstes zu erforschen. Steffi stöhnte laut auf, als er in sie eindrang.

Er stand leicht gebückt vor ihr. Ihre Lippen näherten sich seinem Mund und küssten ihn, dann ließ Steffi den Kopf wieder nach hinten fallen und sie und Manuela küssten sich sehr intensiv. Jonas schaute gebannt den beiden zu. Steffi wichste unterdessen das sehr harte Glied von Jonas, der ebenfalls immer wieder aufstöhnte.

Dann ging Steffi vor Jonas auf die Knie.

„Jetzt will ich aber wissen, wie dein Schwanz schmeckt.", grinste sie und nahm seinen Penis in den Mund, um ihn dann wieder frei zu lassen, um mit der Zunge seine Eichel zu umspielen und seinen Penis rauf und runter zu lecken.

Manuela schaute einen Moment zu, öffnete dann ihren Bademantel und ließ ihn zu Boden sinken.
Sie stellte sich neben Jonas und küsste ihn heiß. Eine Hand hatte er auf den Kopf von Steffi gelegt, mit der anderen streichelte er Manuelas Brust.

Nach einer Weile sagte Manuela, dass es besser sei, wenn die Drei ins Schlafzimmer gehen würden.

Sie ging vor und Steffi und Jonas folgten.

„Leg dich hin.", wies Manuela Jonas an, was dieser auch sofort tat.

Er legte sich auf den Rücken und wartete auf die Dinge, die nun kommen würden.

Steffi und Manuela standen nackt am Bett, küssten und streichelten ihre Körper überall. Jonas schaute zu und massierte dabei seinen Luststab.

Dann stieg Manuela zu Jonas ins Bett, küsste ihn und schwang sich auf ihn. Tief nahm sie seinen Freudenspender in sich auf und stöhnte, als er ganz in sie eingedrungen war. Dann stieg auch Steffi ins Bett und setzte sich über Jonas Mund und drehte dabei Manuela das Gesicht zu, so das sich die beiden Frauen sehen, küssen und streicheln konnten.
Steffi ließ ihren Venushügel tief über Jonas Mund sinken. Er roch ihren Duft und schmeckte ihren Liebessaft, während Manuela ihn hart ritt. Alle Drei stöhnte vor Lust und Geilheit.

Dann wechselten die Frauen ihre Position. Steffi ritt und Jonas verwöhnte Manuela mit der Zunge.

Steffi stieg dann von ihm, glitt an ihm herunter und nahm seinen Penis in den Mund. Sie schmeckte ihren Liebessaft und blies und wichste seinen Lustspender.

Es dauerte nicht lange und Jonas Körper zuckte wild, seine Muskeln spannten sich an. Sein lecken wurde unkontrolliert. Steffi wichste ein letztes Mal heftig und hielt die Lippen um seine Eichel geschlossen, als er abspritzte. Sie nahm all sein Sperma in ihrem Mund auf, kam hoch und näherte sich Manuelas Mund. Diese war recht erstaunt, hatte sie doch noch nie richtig geschluckt, aber sie lies es zu das Steffi sie mit Jonas´ Sperma im Mund küsste. Sie spielten mit dem weißen Glück in ihren Mündern und schluckten es schließlich herunter. Die Frauen knieten sich nun neben Jonas, küssten sich und verwöhnten sich gegenseitig mit ihren Fingern in der Scheide der anderen, bis sie beide kamen. Jonas war begeistert und strahlte.

„Du schmeckst echt geil.", sagte Steffi nach einer Weile des Luft schnappen zu Jonas.

„Du aber auch. Ihr Beide. Danke. Das war das Schönste, was ich je erlebt habe.", grinste Jonas die beiden Frauen abwechselnd an.

Zuerst gab Manuela ihm einen Kuss, dann Steffi, bevor sich die beiden Damen wieder küssten.

„Wir sind wirklich, aber wirklich so richtig, zwei echt verdorbene Seelen.", lachte Steffi und schaute Manuela an.

„Ja, sind wir wohl. Und unser Kleiner hier ist ein echtes Herzchen.", strahlte Manuela.

Nach einer kleinen Pause folgte die Fortzung. Jonas konnte seine erste Erfahrung mit Analsex machen. Steffi hatte darauf bestanden, das er sie so nimmt. Zum ersten Mal in ihrem Leben hatte sie einen analen Orgasmus und somit auch eine neue Erfahrung gemacht. Sie verwöhnte dabei Manuela ausgiebig mit dem Mund, so das keiner zu kurz kam.

Eine ganze Zeit später, als alle erschöpft waren, schliefen sie bis zum Nachmittag, duschten nacheinander und zogen sich an. Es wurde noch ein Kaffee getrunken und Jonas und Steffi tauschten ihre Handynummern aus. Jonas sollte künftig auch bei ihr den Garten machen, den sie nicht besaß, wie sie lachend zugab.

Am späten Nachmittag fuhr Jonas nach Hause und auch Steffi verabschiedete sich.

Gegen 18 Uhr wollte Thomas bei Manuela sein und mit ihr den Abend verbringen.

Kapitel 16

Ein Traum von einem Mann

Um Punkt 18 Uhr klingelte es an der Tür. Thomas war da, hielt in der Hand einen Blumenstrauß und eine Flasche Wein.

„Nabend.", grinste er Manuela an. „Da bin ich. Pünktlich und fein gemacht."

„Das sehe ich. Ich dachte, wir wollen uns einen netten Abend hier machen?", nahm die Blumen ab und bedankte sich mit einem Kuss.

„Können wir doch immer noch. Ich möchte mit dir Essen fahren. Ich kenne da ein sehr schönes Restaurant im Münsterland."

„Dann muss ich mich ja noch schnell in Schale werfen.", lächelte Manuela erfreut.

„Dann mach mal. Ich trinke mir inzwischen einen Kaffee.", sagte er und ging in die Küche.

Manuela verschwand erst im Bad, dann im Schlafzimmer, um sich umzuziehen.

Kurz darauf kam Manuela zurück. Dezent geschminkt und ein schwarzes, ärmelloses Kleid mit kurzem Rock an.

„Du siehst toll aus.", strahlte Thomas sie an.

„Danke schön.", kam es von ihr zurück.

Kurz darauf saßen sie auch schon in seinem Wagen und fuhren über die Autobahn vom Ruhrgebiet die wenigen Kilometer bis ins Münsterland zu dem besagten Restaurant.

Auf dem Parkplatz stieg Thomas aus, lief um das Auto herum und öffnete ihr die Tür.
Sie stieg aus, während Thomas eine große Papiertüte aus dem Kofferraum holte.

„Was machst du damit?", wollte Manuela wissen.
„Was hast du da drin?"

„Ein paar Überraschungen für dich, mein Schatz.", grinste er sie frech an.

„Eine Schürze und Handschuhe, damit ich in der Küche helfen kann, falls du die Rechnung nicht zahlen kannst?", lachte sie.

„So schlimm wird's nicht werden.", lachte er zurück.

Sie gingen Richtung Eingang, er hielt ihr die Tür auf und folgte ihr dann hinein.

Der Ober kam auf sie zu und wies ihnen den Tisch zu, den Thomas vorher bestellt hatte.

Es war ein ruhiger Tisch im hinteren Teil des Restaurants mit Blick auf einen See und nicht sofort einsehbar für andere Gäste.

Das Lokal war nicht voll, aber gut besucht.

Sie bestellten Getränke, die zügig kamen und der Ober brachte gleich die Karten mit.

Sie unterhielten sich, während sie die Karte durchschauten.

Der Kellner kam, nahm die Bestellung auf und als er weg war griff Thomas in die Tüte, die er neben sich auf den Stuhl gestellt hatte.

Er holte eine kleine Schachtel heraus, legte sie zwischen Manuela und sich auf den Tisch und schaute sie an.

„Was ist das?", fragte sie.

„Ich möchte, das du jetzt mit dieser Schachtel zur Toilette gehst. Den Rest erklärt der Zettel in der Schachtel.", grinste er.

Sie schaute ihn fragend an.

„Nun geh schon.", sagte er etwas energischer.

Sie stand mit einem süffisanten Lächeln auf und ging durch das Restaurant zum WC, das sich vorne am Eingangsbereich befand.

Als sie auf dem WC angekommen war, ging sie in zum Waschtisch und öffnete die Schachtel.
Es war ein Chromfarbener Analplug und eine kleine Tube Gleitgel enthalten. Dazu der Zettel.

„Hallo, mein Schatz.
Das ist das erste Präsent für dich heute Abend. Es werden noch zwei folgen, wenn du artig bist und meine Anweisungen befolgst.
Du wirst dir den Plug einführen, dann zu mir an den Tisch zurückkehren, mir deinen Slip übergeben. Dann gehst du noch mal zurück zum Klo. Auf halber Strecke wirst du irgendwas fallen lassen und dich bücken, und zwar so, das ich unter deinen Rock schauen kann. Wenn der rote Stein auf dem Plug zusehen ist, weiß ich, das du meine Anweisung befolgt hast. Später gibt es dann den Rest, den du hoffentlich annehmen wirst. Thomas"

Sie lächelte und ging in eine der WC-Kabinen.

Sie zog den Slip aus, nahm das Gel aus der Schachtel, ließ etwas auf ihren Finger gleiten und massierte ihre Rosette damit ein. Sie fuhr mit dem Finger auch hinein, um es besser zu verteilen.

Dann nahm sie den Plug heraus und schmierte auch ihn mit dem Gleitgel ein.

Anschließend führte sie den Plug zu ihrem Anus. Sie streckte den Po heraus und drückte etwas. Sofort verschwand der Plug unter leichtem stöhnen in ihrem Po.

Sie zupfte sich den Rock zurecht und verließ das WC.

Sie kam auf Thomas zu und lächelte.
Sie reichte ihm ihren Slip, drehte um und ging wieder Richtung Toiletten. Nach ein paar Metern ließ sie die kleine Tube Gleitgel fallen, bückte sich mit durchgestreckten Beinen danach und ihr Rock schob sich gekonnt nach oben, so das ihre Vulva als auch der Plug gut zu sehen war.

Am Tisch ein paar Meter schräg hinter hier, fiel einem älteren Herrn fast das Stück Steak wieder aus dem Mund, als er Manuelas ganze Pracht sah.
Die Frau ihm gegenüber sah es, drehte sich um, sah aber nur einen daherlaufende Manuela, was ihr Stoff zur Diskussion mit ihrem Gatten gab, der schon wieder anderen Frauen nachschauen würde.

Thomas lachte in sich hinein, als er den Ärger am Tisch des Paares mitbekam.

Manuela ging wieder zurück zum Tisch, nickte dem streitenden Paar freundlich zu und setzte sich lächelnd.

„Nun, der Herr? Zufrieden?", grinste sie.

„Ja. Sogar sehr zufrieden, mein Schatz.", nickte er.

„Wann bekomme ich die anderen Geschenke?", fragte sie ihn mit kindlichem Augenaufschlag.

„Nach dem Essen, meine Süße.", grinste er.

Das Essen kam und Thomas bestellte neue Getränke. Manuela und er unterhielten sich, als wenn nichts gewesen wäre.

Nach dem Essen räumte der Kellner die Tische ab und fragte, ob eine Nachspeise gewünscht sei, was aber beide verneinten.

Dann griff Thomas wieder in die Tüte.

Dieses mal kam eine längliche Schachtel zum Vorschein, die er Manuela herüberschob.

„Mach auf und sag mir, ob du es annehmen willst."

Manuela nahm die Schachtel und öffnete sie langsam.

Darin lag ein langes, schwarzes Lederhalsband mit einem Ring vorne dran. Es war schlicht und schmal, sah aber dennoch irgendwie Edel aus.

„Du weißt, was das bedeutet?", fragte Thomas sie?

Sie nickte und sagte: „Ja. Ich bin dann deine Sub, wenn ich es annehme."

„Ja, genau. Willst du es? Ich würde mich sehr darüber freuen, wenn du meine Sub wärst."

„Ja.", sagte sie mit einem Tränchen im Auge. „Ja, das will ich sehr gerne."

Thomas strahlte sie an.

Dann griff er erneut in die Tasche und holte eine weitere, diesmal sehr kleine Schachtel hervor, legte sie auf den Tisch und schob sie Manuela herüber.

Sie nahm die Schachtel, öffnete sie und nahm den Inhalt heraus.

„Das ist das täglich sichtbare Zeichen, das du einen Herrn hast und mein bist. Wirst du ihn tragen? Jeden Tag, so wie ich es von dir fordere?"

„Ja, mein Herr. Das will ich gerne tun, mein Herr.", lächelte sie ihn an.

Thomas stand auf, ging um den Tisch herum.
Zunächst nahm er das Halsband und legte es ihr um.
Nicht zu fest, aber auch nicht zu locker.

Dann setzte er sich neben sie, nahm ihre rechte Hand und den Ring und schob ihn ihr auf den Ringfinger.
Dann gab er ihr einen langen und innigen Kuss.

„Jetzt bist du mein. Kein anderer Mann so dich beherrschen. Du wirst nur meine Gespielin sein.", sagte er zu ihr, wobei er ihr tief und ernst in die Augen sah.

„Ja, Herr. Ich bin dein."

Er küsste sie erneut.

„Spreize deine Beine.", befahl er.

Sie tat, wie ihr aufgetragen war und öffnete die Schenkel.
Seine Finger wanderten zu ihrer Vulva und massierten ihre Klit. Sie war schon leicht feucht, aber durch das

Streicheln seiner Finger an ihre erogenen Zone schoss schnell mehr Flüssigkeit aus ihren Drüsen.

Kurz danach war sie so feucht, das er ohne Probleme in sie eindringen konnte.
Seine Finger fuhren heftig in ihr hin und her und schnell hatte er sie zum Orgasmus gebracht.

Sie biss sich auf die Unterlippe um nicht das Restaurant zusammen zu schreien, stöhnte aber heftig. Dieses mal blieb der Frau des älteren Ehepaares der Mund offen stehen und wies ihren Mann an, umgehend die Rechnung zu begleichen. Der Mann schaute sich um und sah das heftige Treiben von Manuela und Thomas und grinste das Paar nur an.

Als der Höhepunkt abgeebbt hatte, stand Thomas auf, ging zum WC und grinste dem Ehepaar dabei zu:

„Probieren sie es mal. Das hat was."

„Unverschämter Kerl.", kam es von der Frau zurück.

Thomas ging laut lachend zu den Waschräumen.

Als er wieder zurück kam, war das Ehepaar verschwunden und er ging auf eine glücklich lächelnde Manuela zu.

Er setzte sich und sie nahm seine Hände in ihre Hände und sagte strahlend zu ihm:

„Du bist ein echter Traum von Mann, weist du das eigentlich?"

„Es reicht mir, wenn ich dein Traummann bin, mein Schatz. Dann habe ich alles, was ich brauche und will und bin somit der glücklichste Mensch auf dieser Erde."

Sie stand auf, ging zum ihm und bückte sich herunter, gab ihm einen heftigen Kuss und meinte leise:

„Ich liebe Dich, Thomas."

Kapitel 17

Neue Liebe, neue Beziehungen

Thomas und Manuela fuhren dann zu ihr nach Hause.

Sie setzten sich ins Wohnzimmer, wo Thomas den mitgebrachten Wein öffnete. Sie tranken einen Schluck um sich dann wieder zu küssen. Sie lag in seinem Armen und er hielt sie und genoss ihre Nähe.

Nach einer Stunde nahm er ihre Hand und sie folgte ihm ins Schlafzimmer.
Während er sie küsste zog er sie langsam aus, hob sie hoch und legte sie Nackt auf das Bett.
Aus seiner Tasche holte er einen Satz Handfesseln hervor, die nur mit einer kurzen Kette miteinander verbunden waren. Er legt sie ihr um, holte dann die Augenbinde hervor und befestigte sie um ihren Kopf.

Da lag sie vor ihm – seine Traumfrau.

Nackt, die Hände gefesselt, nichts sehen könnend.

Er zog sich aus und kniete sich neben sie.
Seine Hände wanderten über ihren Körper und er spürte ihre Erregung. Mit seinen Fingernägeln zog er über ihre Brüste und sie stöhnte heftig auf.

Dann beugte er sich runter, küsste ihren Mund, dann ihre Nippel, den Bauch, um sich dann zwischen ihre Beine zu knien.

Er küsste ihre Scham, die schon feucht war und nach Geilheit roch. Seine Zungenspitze fing an über ihre Klitoris und zwischen ihre Schamlippen durch zufahren. Manuela honorierte das mit lautem Aufstöhnen.

Er leckte sie, bis sie schreiend und zuckend vor ihm lag und ihr Liebessaft nur so aus ihr herausfloss.

Dann richtete er sich auf, kniete sich näher an ihre Lustgrotte und drang hart und fest in sie ein. Wieder stöhnte sie laut auf. Er spürte den Plug, den sie immer noch in sich trug, was ihre Lust nur noch erhöhte.

Nicht lange und sie kam erneut.

Er warf sie herum, zog ihr Becken hoch, um dann von hinten erneut in sie einzudringen.

Wieder dauerte es nicht lange, bis sie kam. Doch auch er konnte nun nicht mehr innehalten, stöhnte ebenfalls laut auf und sein Sperma ergoss sich in ihr.

Dann entfernte Thomas den Analplug und legte sich neben sie.

Die Beiden genossen einen Moment der Ruhe, wobei er sie im Arm hielt. Dann löste er die Handfesseln, nahm ihr die Augenbinde ab und sagte zu ihr:

„Ich liebe dich, mein Schatz. Ich weiß nicht, ob dir das klar ist!?"

„Ich habe es vermutet, Thomas. Ich liebe dich auch."

„Ich möchte, das du in Zukunft nicht mehr alleine in Clubs gehst. Ich möchte meinen Beziehungsstatus im Profil von „Single" auf „In einer Beziehung" ändern und ich möchte, dass du das auch machst."

„Ja, das machen wir.", lächelte sie. „Ich wollte mir eigentlich Zeit nehmen und den gefundenen Spaß am Sex ausleben. Mein Single-Dasein genießen, aber auch ich habe gemerkt, wie wichtig du mir in den letzten Wochen geworden bist und ich will es mit dir versuchen und das Leben genießen. Aber was ist mit Steffi?"

„Damit habe ich kein Problem. Wenn ihr die Nacht miteinander verbringen wollt, dann sag es und gut. Obwohl ich gerne ab und an dabei wäre.", grinste Thomas.

„Ich glaube, das wird kein Problem sein.", lachte sie.

„Aber du brauchst nicht darauf zu verzichten, das dich auch mal ein anderer Mann nimmt. Es ist nur, das ich dann dabei bin und dir zusehe oder auch mitmache."

Sie lächelte und küsste ihn.

Am nächsten Morgen frühstückten sie gemeinsam, gingen Spazieren und unterhielten sich über ihre Zukunft.

Am Abend, als Thomas gefahren war, rief sie Steffi an, um ihr in Ruhe, außerhalb des Bürotrubels, alles erzählen zu könne.

Steffi freute sich mit ihr und war glücklich darüber, das sie sich weiter mit Manuela treffen konnte und hatte auch kein Problem mit einem Dreier mit Thomas. Sie habe ja schon Sex mit ihm gehabt, lange bevor sie Manuela kannte und es sei kein Problem für sie.

Steffi erzählt Manuela, das Jonas am Nachmittag bei ihr war und jetzt öfter kommen würde.
Es sei sehr geil gewesen und er würde mit der Zeit schon lockerer werden.

Manuela freute sich, das Jonas jetzt eine neue „Lehrerin" gefunden hatte und wohl die Beste, die sie kannte. Sie wollte das mit ihm auch jetzt nicht mehr, nachdem sie Thomas versprochen hatte, das sie nur noch Sex mit einem anderen Mann hätte, wenn er dabei sein würde.

Nach dem Telefonat mit Steffi schrieb sie Jonas eine kurze WhatsApp Nachricht, beglückwünschte ihn zu der Sache mit Steffi und erklärte, das sie nun eine Beziehung habe.

Er antwortete kurz darauf, das sei schon OK und das er ihr für das Erlebte danken würde. Steffi würde ihn bestimmt noch mehr fordern. Er würde aber gerne weiter den Rasen schneiden und die Anlagen machen. Jetzt aber wirklich und beendete die Nachricht mit einem Lach-Smily.

Danach ging sie auf ihre Profil-Seite im JOY und änderte ihren Beziehungsstatus.

Dann schrieb sie Thomas eine WhatsApp Nachricht, erzählte ihm darin von dem Gespräch mit Steffi und ihrer Profil-Änderung.

Sie beendete die Nachricht mit:

„Ich liebe Dich, mein Herr und Schatz. KUSS!"

Die Antwort kam schnell:

„Ich liebe Dich, mein Herz und Sub."

-ENDE-

Weitere Bücher von Eisenherz2015

Die Storys von Sarah & Kai

Sarah und Kai sind ein junges Pärchen, die sich zufällig kennen gelernt haben. Aus einem als One-Night-Stand geplanten Abenteuer wird eine Liebe und Beziehung. Gemeinsam ziehen sie durchs Leben und entdecken dabei immer neue erotische Spielfelder der Lust. Mal gemeinsam, mal alleine...

Erhältlich u.a. bei BoD

ISBN: 9783746027791